醉入宋词，在古镇景德遇见自己

朱凯亚◎著

群众出版社
·北京·

图书在版编目（CIP）数据

醉入宋词，在古镇景德遇见自己 / 朱凯亚著 .—北京：群众出版社，2021.1

ISBN 978-7-5014-6069-4

Ⅰ．①醉… Ⅱ．①朱… Ⅲ．①散文集 – 中国 – 当代

Ⅳ．① I267

中国版本图书馆 CIP 数据核字（2021）第 010815 号

醉入宋词，在古镇景德遇见自己

朱凯亚 著

出版发行：群众出版社

地　　址：北京市丰台区方庄芳星园三区十五号

邮政编码：100078

印　　刷：天津盛辉印刷有限公司

版　　次：2021年1月第1版

印　　次：2021年1月第1次

印　　张：7.5

开　　本：880毫米 × 1230毫米　1/32

字　　数：186千字

书　　号：ISBN 978-7-5014-6069-4

定　　价：38.00元

网　　址：www.qzcbs.com

电子邮箱：qzcbs@sohu.com

营销中心电话：010-83903254

读者服务部电话（门市）：010-83903257

警官读者俱乐部电话（网购、邮购）：010-83903253

电子音像与数字出版分社电话：010-83903341

儒雅　诗意　理想

——写在朱凯亚散文集出版之际

胡辛

熟知了凯亚，再看他的散文，你就会觉得，曾为警官、检察官、法官的凯亚和其笔下的文字都在努力追求儒雅，诗意与理想。

一

一个人的儒雅，表露在言谈举止，蕴藏在学识修为，凝注于文字丹青。出身于警察之家的凯亚，对知识一直充满渴求。“上马击狂胡，下马草军书”，也许是他不断前行的动力。不管是少年课读，还是知识青年上山下乡接受再教育，抑或是投笔从戎的军营岁月，早在上世纪八十年代初，他在省会武警从军时，就因写诗被誉为“警中诗人”，并被刊物推荐为省城“青年诗人”；也就是从那时起，儒雅便成为他追求的标签。后来从事公安、国安、检察、政法委和法院等工作，尤其是在市检察院和中级法院期间，曾因办案常将办公室沙发当床，曾因阅看案卷至夜深，下楼时眼花踩空摔伤，繁忙与紧张成为常态，困窘与磨难如影随形，所从事职业沉甸甸的责任，让他近三十年无暇动笔，但并没能影响他将读书与思考作为一种生活的状态。都说积累是成功的基石，更易看到成功的喜悦。花甲之年，退休后短短几年，他从法律界华丽转身，一步一个脚印回到文学之路，其中的艰辛只有作者本人自知。当一篇篇散文见诸报刊，并获得江西省报刊文学作品一等奖等，让人窥见到这块土地的儒雅气质与风采。

纵观凯亚的散文，能闻到作者文字中散发出一种淡淡的书香气息，显露着其爱好古典文学的沉淀。他在文章中恰到好处地引经据典，活用古人的诗词名句，让人感知作者的学识。《青阳　最青　最花青天》、《栖息景德不只是享受宋时柔软时光》、《仰望唐英》等文章，可以看到一个人学养与生活经验体现。令人可喜的是，凯亚在努力写作的同时，也研习书法与绘画，其成就都不容小觑。他所写之字龙飞凤舞遒劲老道，所绘之画清新脱俗精美大气，颇有几分文人书画的风格，这些自然增添了他几分儒雅的分量。在这座历史文化名城，儒雅总能演绎成不同时代的瑰丽风景，历史总有相似之处，许多热爱生活的人生也常有异曲同工之妙。

诚然，文为外放，气自内蕴。儒雅是发自内心的自我观照，是与每一个人的为人处世浑然一体。当你与作者和许多古镇人交流，能感受到对方的热忱、温和、宽厚、博学和谦逊，当然也不乏风趣与幽默。儒雅不仅仅是涵养，也是一种风度，有时更是种温暖的绽放，在作者身上与文字中都能感受到。

二

诗意，一直都是凯亚创作追求的特色。诗意充溢于脑海，蛰伏于心扉，灵动于字里行间。诗意首先体现在作者的思想与追寻之中。在作者的思维世界，诗意是打开心灵的钥匙。他尝试从平凡朴素的表象中，提炼出富含诗意的美妙表达。在这本散文集中，《人生若瓷》、《有一种爱叫——高岭》、《“三闾庙”古码头，谁是古镇的千年之约？》、《感悟窑砖》、《“玲珑” 最那是古镇梦中的眼睛》、《古镇“烟火”味 最抚“景漂”心》等从这些文章的标题，就荡漾着满满的诗情。他能从“瓷”、“高岭”、“三闾庙”、“窑砖”、“玲珑”和“烟火”等在本土司空见惯的景物中，寻找到诗意的花蕾与芬芳。诗意还体现在作者于具体创作时，对题材的把控构思抒写之中。在他的眼里，世界色彩斑斓，人生灿烂炫丽。山川河流、花草虫鱼，眼之所及心之所动，无不带有诗情画意般的惬意与美好。作者用诗人的眼睛，审视着景德镇这方千年窑火不断的圣土，生发出由衷的赞赏与咏叹。正如他所说，艾青一句“为什么我的眼里常含泪水，因为我对这土地爱得深沉”，就是自己心底亟待表述的箴言。是的，在古镇生长了六十多年的作者，对千年瓷都的爱，让他的笔端挪不开景德镇，离不开生养他的这方热土。人们都说挚爱是写作的源泉，在作者和每一个古镇人的心里，他们所挚爱的千年瓷都，就是一座取之不尽用之不竭的诗意宝藏，任凭肆意挥洒漫天泼写，也难以抒发其亿万之一。正缘于此，作者以他炽热的心潮与如火般的情愫，倾诉对这方圣地的深情厚意。

翻开凯亚的散文，随处可见诗样的诉说。“一半是江水，一半是泥土，窑火的帐幔中凝固成美玉般的瓷”（《醉入宋词，在景德古镇遇见自己》）。“我以为，窑砖，是一个人在清空后重新出发的魅力，是告别与开始的渡口。窑砖，是与另一个自己在古镇相遇，是将暮未暮的人生勇气，是用生命拥抱这个世界的温度。”（《感悟窑砖》）“我们温一壶乡愁，将往事喝个够，煮一碗面条，任岁月长纵横。”（《古镇“烟火”味 最抚“景漂”心》）凡此种种，俯拾即是。诗意就像一颗颗珍珠，将文字串联了起来，让人在阅读中，享受大珠小珠落玉盘般的惊艳。

千年是景德镇的脉搏，瓷器是这座城市最靓丽的风景线，而诗意则是激扬古镇的心跳。从这本散文集中，我们看到作者的笔触，沿着瓷都千年的风花雪月，尝试弹点出令人迷醉的心曲。千年何短，岁月多幽，也敌不过昌江上空飘过的一缕窑烟。这块神奇土地里所特有的诗意，显得是何其感性，何其鲜活，何其浓烈而又旷久持远。让人在细读慢嚼里，品味愉悦的美妙时光，这也许是作者所追求的文字氛围。

三

理想，是古镇陶人瓷工的生命意义，是他们追求的人生真谛，也是作者散文的内核价值，一个理想者，必定是喜梦者。

理想与梦想犹如一母双胎，难分彼此。圣人贤者对理想与梦想的概述不胜枚举。人类有时会迷茫，理想就显得特别珍贵。正如某名人所说的“没有美好的理想就没有美好的现实”一样，理想是凤凰涅槃的霓裳，是攀登胜利巅峰的翅膀。正值为实现中华民族伟大复兴中国梦的奋进时期，个人的理想梦想尤其重要和可贵。其实，作者的梦想，寄托在他所眷恋的故乡。他在《“玲珑” 最那是古镇梦中的眼睛》里写道：“我以为，古镇越千年，是昌南版的‘化蝶’也好，古镇夜空的繁星也罢，瓷人在昌江里逆水行舟，从对梦想的追逐中体验不断挑战自我的刺激与惊喜，彰显自我完满的魅力与精彩，一次次到达成功的彼岸。世人正是透过玲珑瓷的透明米粒小窗，认识古镇，也认识中国”。是啊，梦想蕴藏在古镇的山水弄堂之间，根植于泥土风火之中，悬挂在高帆远洋之巅。正如他在《“陶江川”之梦》里所坚信的那样：“有奋斗才有希望！有梦才有远方……”

作者的“昌南之梦”，就是每一个古镇人的梦想，其实也是景德镇的千年梦想，在《梦里青花为谁开》里，可以看到这样诉说：“我将一颗心安放古镇，素坯为纸，青料为墨，一笔一画，如入梦中。那一道道青色有生命的线条，是故乡那一条条幽静的深巷、院落、坯房，是那陶人瓷工跳动的脉搏，是这秋夜里古镇与世界对话的声波。”由此可见，作者的梦想，已将时代、古镇、瓷器、艺术、世界等等融为一体。个人的理想与国家的命运紧密相连，才能成功，最有价值。“好风凭借力，送我上青云”。愿作者和每一个古镇人的梦想之花，越开越鲜艳，越开越芬香，越开越迷人。

去年，景德镇被确定为“国家陶瓷文化传承创新试验区”，这座古老的城市面临又一个千载难逢的发展机遇，凯亚这本散文集的出版恰好逢时，对弘扬陶瓷文化，宣传景德镇将是一个很好的促进。同是徽州老乡，更缘于对景德镇的热爱和对写作的钟情，我觉得应该给凯亚这本极具景德镇特色的散文集，写点什么，留点什么，以不辜负岁月对我们的殷切厚爱。

2020 年 4 月 26 日
写于景德镇胡辛文学艺术馆

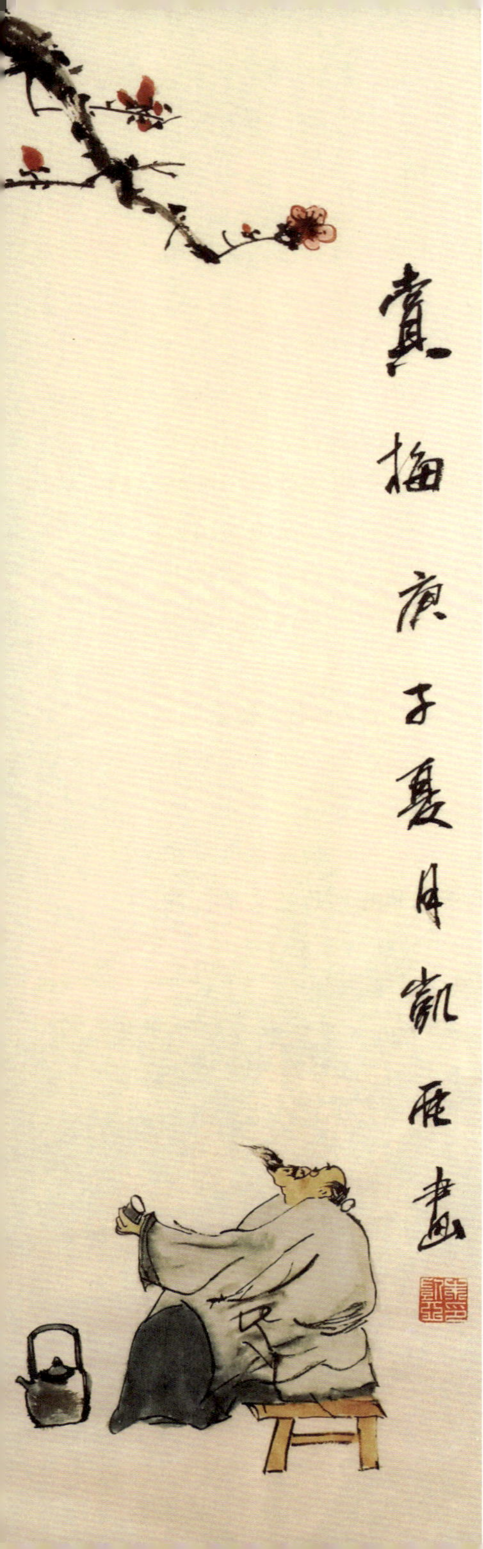
賞梅 庚子夏月凱雁畫

目录

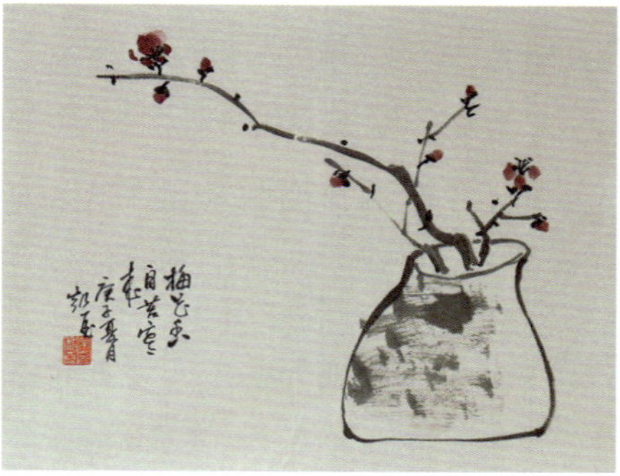

醉入宋词，在古镇景德遇见自己

走进古镇，永远是宋代的景德年间。触摸古窑址的古瓷片，感受千年的余温，听自己的脚步在宋朝石板上回响，时而婉约，时而豪放，恰似在宋词的字里行间漫步。我常想，古镇一定是我人生必经路口，假如不与你相遇，床头不会总是那本泛黄的《宋词》，夜深时不会闪过那么多流动或固体的梦，我可以在平静中细数流年的黄昏。可人生没有假如，我不得不信宋朝是我前世的曾经。

“匠从八方来”，这里无需叩响城门，一条通向古镇弯曲的古道，两旁的群山永远是拥抱的姿势。当我走近这座城，有些迟疑，有些徬徨，有人说走进去就是一辈子，此时，我并不知道来路是归途。古人云：“世人谓我恋长安，其实只恋长安某”，后才懂恋景德有太多理由，也许只有镇窑才能留住青春的那轮朝阳，也许只有高岭才能解读大半生的风霜，诠释往后的向往，“红衣脱尽芳心苦”，不再“长相思”，泥里“抛球乐”，过得从容。愿为这座城留下来，停住人生跋涉的脚步，醉入宋词，与城一起老去……不再慕天涯。

我敢说，最早漂来一族莫过于昌江。

流淌了千万年的昌江，不经意停在一个历史的渡口，于是，岸南边的古镇有了一个很拙朴的名字，昌南，昌江之南。没有人知道是上天的约定，还是前世修成的缘，一经相遇，终身相伴，是怎样的美丽。谁成就了谁的梦，谁走进了谁的心里，谁是谁的风景，只有古镇和昌江自己知道，而世界只知道东方有一个古国，有一种用泥土烧成的器物，英语都叫昌南。

从此，“碓厂和云春绿野，贾船带雨泊乌篷。夜阑惊起还乡梦，窑火通明两岸红。”窑火点燃了丝瓷之路上一座又一座烽火台，映红了大洋彼岸蓝色的眼球，惊醒了宋真宗高贵的寂寞，昏暗的大殿上借着窑火之光，兴奋的吾皇指瓷为玉，赐名景德。于是，古镇定格在景德年间，浸淫在宋词中，千年难以自拔。

一半是江水，一半是泥土，窑火的帐幔中凝固成美玉般的瓷，可苏轼却说，“春色三分，二分尘土，一分流水”。弥漫着宋词的古镇，一切皆因婉约而美丽，一切皆因豪放而不设城墙。难以相信，一团泥能承载一个浩浩国度，裂纹斑斑，裸露的是一个个朝代的胴体。蓝天之下，一袭袭青色的背影，或是工笔，或是泼彩，或是写意。一抹青花补了春色的残缺，璀璨粉彩渲染夏夜的热烈，拂面秋风给流年抹一层颜色釉，景德不会渐老，给冬日刻一米小窗，人也玲珑，月也朦胧，情也朦胧。难怪乾隆叹道：“玲珑剔透万般好，静中见动青山来”。

千年景德，大拙至美，天生非尤物，气质却倾城。素面朝天，占尽风流……这不是你的错。“器成天下走”，怎能经得起满世界目光的打磨，叫你无法不晶莹。我从远方来，又有什么能挡得住纷至沓来的脚步，此处“莫道不销魂，帘卷西风，人比黄花瘦”，城墙何用？曾以为是一个人的旅途，却不知是他乡人的故乡，一个叫“三宝”的小村落却是面向世界的欢场，古窑是艺者陶人的老家……那蓝莹莹的天空和清清的昌江水中都在说：“我在景德镇等你！”

青花瓷壶，飘出淡淡的茶香，窑砖将宋词砌就了墙壁，雕花窗棂里，宋时的明月一等就是千年。古镇，一个个红店拽住了大街的光阴，忘了容颜，而你却在红店中遇见自己，昨夜难忘的释怀。是谁将倾城之恋交给泥土，长出雕塑的伟岸，又是谁将挥不去的风流漂白了夜色，影印在黎明的瓷板，你走不出宋时的暗香。

宋词的淡雅，随昌江无声息地渗入古镇的湿润，变成人生小院的绿苔。让人在宋时的炊烟中，忘却人间的万种心情，面对一团禅意的白泥，仿佛进入一个远离伤害的地方，任你将沧桑、落寞、忧虑一股脑地倾注，唯独忘了繁华，陪同王安石步入恬静悠然的田间，那瓷作是长出的闲居诗或词，岂不“人月圆”。

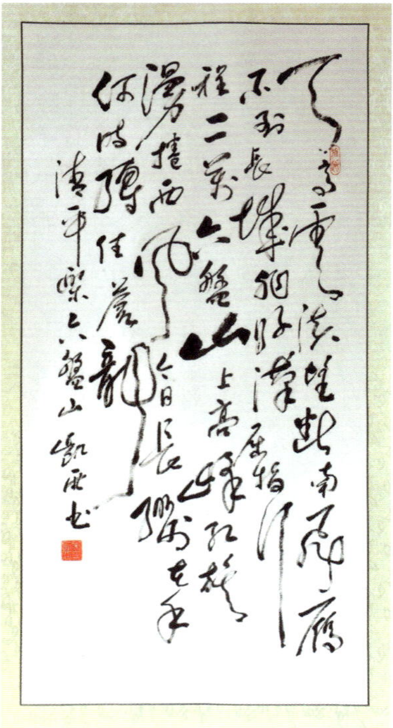

生活在古镇，城是我生命中的风景，而我能成为城的风景吗？背靠斑驳的窑砖，守护一个摊位，或在摊位前守望。累了，在小巷宋词中漫步，或用泥捏一个夸张的自己。常想，我若是徐志摩，景德是我的康桥吗？青花可是我的徽因？可我不是志摩，我也不是过客。景德，原来离我并不遥远，只有梦与现实的距离，也许前世与今生约定在这里与自己相遇。不要说陶人多情，艺者狂狷，今日的阳光抵不住李清照月色中回眸迷离。我懂得，一直惦记并温暖你的，只有你自己；人生漫漫，陪你走到底的也是你自己。须不知，揉好一团湿漉漉的泥，自己的故事又刚刚开始……

古镇景德，一块宋朝定制的瓷坯，一代代的“景漂”族像江水、泥土、松柴在这里交融。或许千帆阅尽，化繁至简，返朴归拙，人世间莫过于一团泥。当我的梦穿过一千四百度的窑火，涅槃重生，蜕变出一个全新的“我”，再也不会变形。即使碎了，也是碎出许许多多个自己，只是唐诗、宋词、元曲……婉约或者豪放地洒落一地，悲欢离合、天上人间、楼台烟雨……在坠落的弧线中美得尽致淋漓。瓷才有玉一般的白，罄一般的脆。溢出的文化和故事填满词牌：《蝶恋花》、《长相思》、《定风流》，更有《贺新郎》、《并蒂芙蓉》……内容你懂。

千山万水，一路走来，梦是我全部的行囊。红尘有爱，青花相伴，古镇是我心灵柔软的原乡。

在古镇景德我很幸运，醉入宋词，遇见自己……

有一种爱叫——高岭

一座山，蕴育了一个东方文明的传奇；一道岭，成就了古镇，成为陶瓷文明走向盛世的转折，走向瓷的巅峰。这就是高岭。

“霜重天高日色微，颠狂红叶上阶飞”。这是个冬日的早晨，大地寒霜覆盖，山区的田野，空旷，冷清，乌柏树的红叶在寒风中几乎落尽，枯瘦的枝椏伸向碧空，光秃秃的树枝上蹲着几只麻雀，见人来匆忙飞向远处松树林。只有

松树还清翠欲滴，一副倔强的模样，昂起的枝头上霜重如雪，不时滑落，俨然是一幅“谷静云生石，天寒雪覆松”的水墨画。

每一个古镇人心中都有一座高岭。都说，既然选择了白泥揉捏人生，一辈子就要登一次高岭，尝一口清澈的山泉，洗涤灵魂里名利的世俗。带着几分回归自然之念，几分高岭的魅力诱惑，我们一行急匆匆走在蜿蜒崎岖的山路上，去感悟高岭的传奇，任寒风拂起古时的烟尘。旷野里，只听见我们扑哧、扑哧的脚步声和着气喘吁吁声，还有急促的心跳。

高岭，一直耸立在传说中，其实并不遥远。它位于古镇景德东北郊五十公里处。从东埠街登上三百多米的山麓，就可到达群山环绕的高岭村。可是，时光却在朦胧中走过了千万年，才在荆棘中找到这条通向高岭的山路。

据说，远在汉代，制瓷只用一种瓷石，而瓷石矿长期裸露在地表之上，长年的风化，瓷石变得越来越硬。到宋代时，地表上的矿石采掘殆尽，而藏于地下的矿石性软，成不了瓷器，出现了原材料危机。终于，先人在高岭村发现了一种土，掺和于坯胎之中，瓷器在烧成过程中不易变形，使瓷器质量产生新的飞跃，这种“瓷土”因产地而得名为“高岭土”。明代科学家宋应星在《天工开物》记述的“高梁山”就是“高岭山”，所谓“粳米土”就是“高岭土”，清人《南窑笔记》也作了这样的记载：“挖取深坑之土，质如蚌粉，其色素白，有银星，入水带青色者佳。”于是，高岭不再是藏在高山之上的一个村庄，甚至不再只属于江南古镇，一跃成为陶瓷的圣地。

蓦然，冬日墨绿色的山峦中，远远地看见一堆堆的白色山丘，脑海里蹦出“青山浮白雪”的古诗句，那是高岭土淘洗后留下的白色砂堆积。高岭，我们来了！

“雪残风细长亭”。带我们一步走进宋人晏殊诗意的是眼前的小亭。因建在溪水口上，人称“水口亭”，已历经百年风雨沧桑，是高岭村的必经之道，也曾是采掘工避雨休息之地，我仿佛看见他们并没有走远的背影，“晚来天欲雪，能饮一杯无？”可只有山风在回答。水口亭上书有“玉岭云峰”四个苍劲大字，亭里保存有明万历、清雍正时石碑数块，向人们诉说着昔日的辉煌，诉说逝去的时光。

南宋绍兴年间，人们开始大量开采高岭土，并修建了一座庙以示祭祀，一直到清代光绪年间，高岭附近的瓷土经过长时期的采掘已经将尽，至民国十九年（1930 年）年产量仅剩二百七十吨。如今，只剩下高岭周围高岭山、水口亭、东埠街等处大大小小的古矿址。蓦然，我眼睛湿润起来，这哪里是古矿洞址呀，这分明是母亲干瘪空空的乳房呀！高岭妙龄当年，曾经“一双明月贴胸前，紫禁葡萄碧玉圆”。如今变成了两只残缺不整的饭碗，却为古镇景德，为千千万万个陶人瓷工的我们讨来了一生的盛宴！

“仁者乐山，智者乐水”。当年，孔子指着泰山对其学生子张说：“在这高山上，草木生长着，鸟兽繁殖着，财富和人们所用的东西也由此生产着。高山生产的财富却并不认为是私有的，四面八方的人们都可以来采用。还有风云从山中飘出，通达于天地之间，使阴阳协调，成为雨露来滋润万物，万物赖之以生长，百姓赖之以享用，这就是仁者喜欢山的原因。”是呵，这不就是眼前的高岭吗？她用雪白的泥土、固体的乳汁，将江南一个默默无闻的小镇，昌江边上的昌南，哺育成了闻名于世的景德，成为一个世界级的名城。给人类制作的陶瓷，从庙堂之高的精致装饰，到碗、盘、瓢、碟……为生活增添了多少便利、惬意与美。你听，冬日里谁在深情的歌唱：“你用伤痕累累的乳房／喂养了／迷惘的

我／深思的我／沸腾的我”；“我拼命吸吮母亲干瘪的乳房／一心要把理想举上万重碧霄”。呵，高岭，耸立在苍茫天地之间，耸立在我们心中，耸立起一位伟大母亲的形象，中国人骨子里的一种精神，一种默默无私奉献的精神。我想说，这人世间有一种大爱叫——高岭！

终于，太阳的光辉倾泄下来，为高岭披上一片金色，我们顿觉一种怀抱中的温暖。环顾四周，群山连绵，灌木葱郁，古树参天，一片静谧，只有几声鸟鸣、溪水潺潺的声音，高岭就这样静默中傲立千年，以博大的心胸包容天下万物，用身影诠释大爱无言！刘禹锡云“山不在高，有仙则名”。高岭之高，不在于她的海拔，却足够岁月仰望。天高

云淡，我不想说她是与天最近的地方，她却紧贴古镇太阳的窑炉。景德千年，我不知道夜深的帐灯为谁留，却知道是高岭耸立在陶人瓷工的梦中，穿越了时光的幽弄深巷，将爱印在《中国陶瓷史》的封面上，支撑起书中的每一个章节，大写着爱的天长地久。

“瓷石是瓷器的肌肉，而高岭土则是瓷器的骨胳”。法国传教士殷弘绪如是说。他于清代康熙五十一年（1712年）来到这座古镇，在此居住了七年，窥探陶瓷生产的秘密，写信将高岭土介绍到法国。三十年后，他的家乡利摩日成为法国的瓷城。无独有偶，同治八年（1869年），德国地质学家李希霍芬也深入到偏僻的高岭村，考察之后，在其《中国》一书中对高岭土作了详尽的介绍。从此，凡类似于高岭土的矿石皆名为“Kaolin”，“高岭”成为国际通用的名词而闻名遐迩。从此，陶瓷泥土皆称“高岭土”，天下谁人不识君。

孟子曰：“孔子登东山而小鲁，登泰山而小天下”。而今，我们登高岭，一览陶瓷文明的江山万里，世界上到处都有高岭的村落，不同国度、肤色的陶人瓷工，皆为高岭的村民。不久前，当我对一位蓝眼睛的“景漂”朋友说：“高岭是我们景德古镇的母亲与骄傲！”他却耸耸肩，连声说道：“N0！ NO！高岭是全人类陶瓷的耶路撒冷，陶瓷圣地。”哦，陶瓷艺术早已超越国界种族，大爱无疆！人世间有多少陶瓷艺术家，就有多少行走的高岭，有多少陶瓷佳作，就有多少不朽的山峰。高岭，耸立在每一个陶人瓷工的心中，是天下陶瓷人的精神高地。

“烈烈寒风起，惨惨飞云浮”，山里的天说变就变。“北风不惜江南客”，而同行的“景漂”艺术家老张却迎风而立，眺望北方，此刻，他祁连山下的家乡，早已是风雪迷漫。当年，丝绸之路穿过大漠戈壁，驼铃叮当，将东方陶瓷文明传往异国他乡。丝绸之路就是丝瓷之路，高岭就是起点。是呵，这也是多少人人生新的出发点。在高岭，许多人读出了母亲的慈祥与伟大，蓦然感觉生命中所有的风雨兼程，都是为了匍匐在高岭下，仰望她的高度，感受她的体温，从她的怀抱中重新出发……在高岭，更多的人恍然感悟，自己本来就是属于高岭的一部分，时光已凝固在那燃烧的一刻。不为来世，只为今生，成为一尊瓷雕、一个瓷瓶，甚至一块瓷片，记录人生的沧桑，实现成瓷的渴望。

相看两不厌，只有高岭山。与山对坐，两相愉悦，幸有高岭我未孤。不觉冬日已西斜，寒气逼人，我们恋恋不舍地踏上归途，走向古镇，走向通往大海的昌江。我想，这也许是岁月的选择。归途中，我们不时回望，回望暮色中的高岭。我想，走过万水千山，跨越千沟万壑，应不忘——来时路！

写于 2017 年 12 月 16 日凌晨陋室

小弄茉莉花又开

又是茉莉花开的季节。“虽无艳态惊群目，幸有清香压九秋。应是仙娥宴归去，醉来掉下玉簪头。”几度花开忆小弄，清香缕缕扑面来，那是久远童年的味道……

我小时候，母亲在公安派出所工作，种有一株茉莉花。每天上班时，民警们将茶杯中昨天剩下的茶叶倒在花钵里，空闲时，剪枝松土施肥，茉莉花发得很快，又分株繁殖出好几盆，移栽到一个个匣钵里，在派出所后院残存的围墙上，排成一道绚丽的风景。每到夏夜，白白的小花盛开，密密麻麻一片，若星星撒落一地，散发出缕缕清香。晚风吹过，香了周边的一条条小弄。

暑期，淘气的我喜欢爬上高高的窗台，看后院的风景，看蝴蝶围着花儿飞。连续几天，我发现总有位长辫子的阿姨，在晨光中睁着大大的眼睛，凝视着茉莉花，闻了又闻，许久才依依不舍的离开，款步姗姗，白衣蓝裙，两只辫子在修长身材的腰间晃动，宛若一朵茉莉花，消失在窑砖小弄的拐弯处……“冰雪为容玉作胎，柔情合傍琐窗开。香从清梦回时觉，花向

美人头上开。”后来，才知她姓莫，而我一直称她为“茉莉花阿姨”。

小弄古朴，民居少有高楼，有的原来是老店铺，还上着油亮的门板，也有深宅大院，完好地保存了明清建筑的风格，如妈妈上班的派出所，据说原来是一个会馆，也叫书院。更多的是一溜平房，由过去的制瓷坯房改建，遗存着古镇特有的风情。小弄里门靠着门，门对着门，左边一杆衣服搭在右边的窗台上，右边一杆衣服搭在左边的房顶上，像一群勾肩搭背的兄弟。小弄细长，没有车辆刺耳的喇叭声和扬起的灰尘，夏天格外凉爽，风也是长长的，太阳也是细细的腰身……

派出所座落在小弄的弄口。民警叔叔阿姨那时大多住在所里，几乎是全天候上班，半夜被叫起来是常事。当然，上班更热闹，迁户口的，上户口的，生了小孩笑盈盈发喜糖；谁家的小狗小猫不见了，来派出所询问；也有邻里吵架的，来时怒气冲冲，民警一调解就握手言和，相对一笑，高兴而归，我不知道民警是使用了什么魔法。还有不少是来串门的，有的是家里遇到烦心事，习惯到派出所透透气；有的是儿子谈了对象，请当所长的我妈妈给当参谋；还有其女儿看中了一小伙子，请妈妈帮做红娘……在居民眼中，派出所是百姓说事的地方，民警就是他们自家人。常有人摸着民警“五五式”上白下蓝警服说，“这衣服配得好，青青白白，你们就是一朵朵茉莉花，惹人喜欢！”每当夏日，妈妈一早就摘下一大把茉莉花，放在户籍室的窗台上，群众一进门就闻到香味，回去时带上几朵，一天都是好心情。

那时，我就读的第三小学，也是在一条小弄里。一天放学后，同学小胖去找上班的妈妈，推开坯房虚掩的木门，我一眼看见茉莉花阿姨，她正聚精会神在画一个大瓷瓶。呵，是一束茉莉花，含苞欲放的茉莉花骨朵、青翠欲滴的叶子，虚实相间，栩栩如生。原来阿姨在我家茉莉花前是在观察，连匣钵都画得跟我家的一个样，简洁而古朴，真没想到阿姨还是一个大画家。

暑假的一天，我们几个小伙伴相约去同学“光头巴”家做作业。临走时，妈妈让我带上一串用线穿好的茉莉花蕾，

说是送给莫阿姨的。“光头巴”家是个坯房改建的，一边四户，住着八个家庭，围绕着原来晒坯的天井。在窑砖铺就的过道上，我们一人一个高凳子当桌子，坐在矮凳子上写作业。中午在“光头巴”家吃饭时，真热闹，我到你家桌上夹菜，你到我家桌上盛汤，俨然是一个大家庭。“来，让小同学们尝尝我的手艺。”端来一盘辣椒炒肉，我抬头一看居然是莫阿姨，她也住在这里，我才想起妈妈给我的茉莉花。阿姨接过花，抿着嘴笑得比花还灿烂。听“光头巴”的妈妈说，坯房大杂院每到大年三十时更热闹，几张八仙桌一拼，一家几个菜就是一大桌，女的忙着炒菜切菜端菜，莫阿姨炒的菜最好吃，一上桌就被抢光了。她爸是中学老师，字写得好，忙着帮各

家写对联……

一天夜晚，我肚子疼得厉害，妈妈和奶奶赶紧将我送到医院。正打着点滴，只见一伙人护拥着一辆板车冲进医院，我一眼就看见其中的茉莉花阿姨。送来急诊的是一位老人，护士让几个家人留下，竟有不少人挤在走廊里不肯回去，只听莫阿姨说："我们一个大院子里的"。原来她并非病人的亲属，而她执意要留下来照顾老人。此刻，一阵淡淡的茉莉花香飘来，我肚子好像舒服了许多。

"月上柳梢头，人约黄昏后"。那时，没有电视电风扇和广场舞，炎热夏夜，纳凉是享受，也是娱乐。小弄里麻石条与窑砖相间的地面早早的被井水冲洗干净，竹床在墙跟处一张张列着队，劳动了一天的人们摇着大蒲扇，有的还端着饭碗，天南地北的聊天，我和小伙伴们躺在竹床上数星星，一串串笑声不时窜上夜空，惊得流星划出一道美丽的弧线。而莫阿姨一曲"好一朵美丽的茉莉花……"是纳凉的保留节目，那优美的旋律伴随着茉莉花香在小弄里久久飘荡，人们一天的疲劳也随之散去……"昌南镇里玲珑雪，来助幽弄一夏凉。情味于人最浓处，梦回犹觉髻边香。"

后来，我也成了民警叔叔，我也栽了一盆茉莉花，"他年我若修花史，列作人间第一香"。可是，再也没见过茉莉花阿姨，再也回不去的童年，那个民风淳朴的年代……而喝茉莉花茶成了我的嗜好，浸泡着数十年的光阴。

退休后的一天，当我漫步在童年的小弄，嗅到空气中漂浮着一缕茉莉花香，蓦然回首，恍然如梦，那是一个熟悉的身影，满头银发，还是洗白的衬衣，只是长裙变成了淡蓝色的长裤，是茉莉花阿姨！“环佩青衣，盈盈素靥，临风无限清幽”，仿佛从柳永的《满庭芳》词里幽然飘出，我连忙迎上前去……

哦，峥嵘岁月，悠悠小弄，一条条在老人脸上延伸，茉莉花又开……

写于 2020 年 8 月 3 日夜

古镇越千年　走不出景德深巷

光阴百代，许多曾经渐渐离我们渺远，又有多少在我们的心中停留，唯有小巷的身影长过了时光。悠悠千年，多少过往都交给了岁月，唯有古镇走不出景德年间的深巷。都说小巷是陶人瓷工在岁月的泥坯上刻下的痕迹，时光的橡皮无法擦掉，这里是景德，永远是景德。当我站在一条条幽弄深巷的入口处，如古镇上烧窑的把桩看火师傅，两眼盯着岁月的窑道，窥视着悠远的火光，总想打捞起流年的精美或古拙，仰望镇窑刺向天空烟囱，不知今夕何年？我只知道，千年不远，穿过小巷；小巷很长，今生在路上……

“小桥流水旁，深巷幽弄中”，这句诗是写给江南的。而地处江南的景德古镇，清澈的昌江旁，竟然深藏着“一百零八条”幽深小巷。古镇小巷是典型的宋时江南女子，在昌江里洗去了唐朝的浓脂艳抹，素面朝天，苗条而有丰韵，放肆地将皇帝年号做成旗袍穿在身上，唐朝的徽派门楼、宋代的窑砖墙和时光雕琢的青石板路都成为旗袍的图案。小巷弯弯，婀娜多姿，走出唐诗的平仄、宋词的韵脚、元曲的

音调。幽巷静静，能听见岁月的回音，那是古镇小弄久远深处传来的文化鸽声。江家弄、程家巷、刘家弄……是一个个陶瓷工匠的迁移最初的聚集，斗富弄、龙缸弄、风车弄……则蕴藏着众多陶瓷内涵的动人故事与传说，地理、贸易、民俗、宗教如市井的风，从小巷这管长笛中竞相吹出。我想，如果景德是一棵长了千年的大树，那一条条小巷则是扎在这块沃土里的根，一直延伸到宋时还要久远的光阴。

子曰："贤哉回也！一箪食，一瓢饮，在陋巷……"走进深巷幽弄，你不期然会与某个会馆邂逅。"匠从八方来"，是陋巷收留了瓷工的颜回，没有城墙的古镇将每一个的过客变为归人，最早落脚于小巷。异乡打拼，抱团取暖，逐步形成了以都帮、徽帮、杂帮为主的各个帮派。都帮，即都昌人把持陶瓷的主业圆器。徽帮来自徽州六县，操纵着钱庄、布店、粮油、药店等商业。杂帮则主要从事陶瓷琢器业、陶瓷服务业，多由抚州、南昌、波阳、丰城人组合而成。都说人生是一场旅行，不知根植何处，常常"夜来幽梦忽还乡"，总想寻一处灵魂栖息之处，于是，古镇有了都昌会馆、徽州会馆、抚州会馆、福建会馆……如繁星洒落在幽弄深巷中，为祭祀、聚会、议事的场所。步入这门，就是故园，院内依稀就是老家某处的景致，乡音、乡情、乡愁被压成一块块砖，砌就故乡的驿站。建筑风格各异的会馆历经沧桑，今天则是古镇遗存的风景，沉甸甸的记忆。

阡陌纵横，一撇一捺，那一条条深巷，是用宋徽宗瘦金体写的一行行的文字，将古镇写成了一本厚重的书，描绘着“瓷上中国”，记载着古镇版的《中国陶瓷史》。今天，许多人跨越千山万水，行走古镇小巷，穿越千年，通向宋代最近的路，淘宝、朝圣、读景德，只为中国文化的精髓——陶瓷。御窑厂里摩肩接踵，“御瓷片”，即古时进贡皇官御瓷淘汰品的碎片一片难求。《江西通志》载:“宋景德中置镇，始遣官制水瓷贡京师，应官府之需，命陶工书建年‘景德’于器。尔后，设监镇，官监民造，此时景德镇窑名‘御土窑’。”元代设枢府窑，明洪武年间设御窑厂。御窑厂址从龙珠阁延伸到繁华的大街，占地数十亩，有关帝庙和佑陶灵祠；以东西辕门连接古老的前街、后街。御窑烧的是御器，不合格品打碎掩埋，不许流落民间。今天，多少人跪拜在龙珠阁下，寻找埋藏在御窑遗址中的中国故事、文化符号的谜底，祈求上天赐一枚古瓷片，贴在脸庞，感受一回宋时的余温、明清的纹路、流年的沉淀。

悠悠小巷，孕育了景德。众多民间陶瓷作坊窑房藏于幽弄深巷中，它是瓷业的“产房”。作坊窑房地下铺的窑砖、柴垛的码放、窑火的祭拜，无不透露出一股浓浓的古意、古韵，从瓷土到瓷泥的踩、揉、打，坯的拉、凉、晒、利至成型，装饰与烧成，有道是“过手七十二，方可成器”，狭小的作坊却浓墨重彩的写着博大精深的陶瓷文化。而陶瓷业分有烧细窑里、陶瓷成型、画作、包装等“三十六行”的精细分工，家族式的传承，传子不传女的封建习俗，则使瓷业成为放不远的风筝。随着大工业生产的兴起，被淘汰留存的坯坊窑房转身成了瓷工的住房，孕育着爱情与生命，几块木板隔就了一个个家庭，一座作坊窑房就俨然成了江南的四合院，古老的烟囱俯瞰着古镇变迁，站成了风景与纪念碑。今天，许多人来到古镇，看过珠山大桥上的“七十二道工序”群雕，拜见了古窑新矗立的“窑神”童宾，蓦然想当一回白泥，任揉、捏、雕、挤，“过手七十二而成器”，让自己在作坊里孕育成型，在窑火中重生。

湿漉漉的江南，湿漉漉的小巷。古镇乐水，这里自古水土宜陶。小巷无论怎样千回百转，总是一头连着老街，一头通着昌江，春天的巷口成了昌江的渡口，直接登上远去的舟船。渡口是出发，亦是回归，是离别亦是重逢，更是延伸的起点，走向更远的万水千山。我不想说它连着柴门万户，连着皇城金銮，只想说穿行在荒山大漠中的“丝瓷之路”、

郑和西去的大洋万顷波涛之间，正是古镇小弄深巷的延续。小巷是古镇手中的线，牵着宋时久远的明月，升在江南也升在彼岸，那是古镇梦中放飞的风筝。呵，关山万里，总有一些情感遗落在红尘深巷，岁月匆匆，总有几许月光连着古镇沧桑，小巷是一条没有尽头的路。今天，许多人久久伫立渡口，望小巷西去无尽头，只为感受小巷与生命的轮回……

步入小弄，穿行深巷，寻踪觅迹，在昨日的浅痕里……在古镇景德，都说幽弄拐角处，有一位青花姑娘在静静地等待，闪过千年的痴情与羞涩。都说深巷的石板之间，相遇的是元青花的御瓷片，俯首拾起滋润半生。人世间有太多的诱惑，可我只愿做一回颜回，生活在宋时景德陋巷，享受细长柔软的小巷阳光，哼着那首歌："人间有天堂，天堂在陋巷，春光无偏私，布满温暖网……"我常想，人生这么短，幽巷这么深，小弄这么长，穿越千年，谁是你牵挂的远方？何不寻一茶馆，泡一壶浮红香茗，端坐在巷口的窗前，品味古镇，品味景德，闲适而安然，让岁月的时光从身边悄悄流过，静静地成为一名小巷文化的守望者，足矣。

梦里青花为谁开

蘸一笔渐浓的夜色，涂抹在素坯之上，一勾一撇，一枝一叶，或泼墨，或写意，或工笔，任情感在这静夜里肆意地舒展。舒展我心中的山川河流，草长莺飞。而我不知道，今夜，梦里青花，为谁开？

佛语曰，“一花一世界，一叶一菩提。”纤纤青花，素心淡淡，茫茫人世间，时光深处，青花为何独步风骚。清香缕缕，渡谁而去，一抹青色，醉了人间千年。有人说，青花是古镇几千年的表情，有人说，青花是人对自然的理解与崇敬，也有人说，青花是人们对世界的所有想象，我一直认为，青花是古镇的一个梦。国人常常将未来的美好寄托给夜晚，交给梦，而我的这座江南古镇将所有的希冀都交给了青花。

陶歌云："青料惟夸韭菜边，成窑描写淡弥鲜。正嘉偏尚浓花色，最好穿珠八宝莲。"青花瓷，以青花料加清水，画出不同的浓淡，突出水与料互渗所造成的表现效果，体现出自然而然的意趣，营造出一个如梦如幻的境地。浓淡相宜，浓处精彩而不滞，淡处灵秀而不晦。我们这个世界五彩缤纷，而古镇却选择了单一，选择了素洁，选择了青色。

有人说，中国画的魅力，实际上是一场墨的胜利，同样，青花瓷惊艳世界，是青色在斗艳中的胜利。"夺得千峰翠色来"，其他颜色视觉与青色一比，都黯然失色，只有引退或陪衬之份。在古人的字典里，青色涵盖了黑、绿、蓝。

我以为，青色，是属于夜半时的"静"色，釉下青花料宛如中国画的墨汁，涂抹在陶瓷素坯上只见黑夜一片，梦幻之中，正是青花生长与盛开的原野。

人生如梦，瓷如人生。在古镇，陶人瓷工画青花，俨然是人生的一种修行。君不见，坯房如禅房，禅的感悟弥漫久久不散。人们从青花的世界里，感知生命的愉悦、精神的光亮、灵魂的静美，那些优雅的线条，传达世间美好的一切。而有时，“时光煮雨剪青花，泪洒秋风梦似沙。望断巫山空寂寞，回眸沧海已天涯。”一笔青花料，尚未落墨，春天已经结束，叶已枯黄，从一朵走进另一朵之中，“门掩黄昏，无计留春住，泪眼问花花不语，乱红飞过秋千去”。在人世间，青春和时光都会凋零，只有住在心里的那一朵青花，永远灿烂下去。

“雨破天青云破处，这般颜色做将来”，宋徽宗一句词撩开了多少人春梦的帐纱。而梦有多少寄托，青花就有多少沉重。有人说，中国的士，居庙堂之高时，往往喜欢金黄色；处江湖之远时，往往喜爱青花蓝。其具有儒家的温度、道家的洒脱、墨家的勤朴。这是素与雅的完美结合，是很中国的颜色。古时的读书人希望“青出于蓝而胜于蓝”，走上仕途后青云直上，成为一个青史留名的“青天”，以“留取丹心照汗青”。

其实，“将来”如青花瓷一样难以预测。“白釉青花一火成，花从釉里透分明。可参造物先天妙，无极由来太极生。”古人将青花白釉经高温后而产生的变化，理解为天意所赐。于是，人们对青花的喜爱，多了一层神秘的色彩，像一首朦胧诗，像天明梦醒的表情，像天地混沌之初，不知迷了谁的眼睛。都说陶瓷是一种生活态度，那么，青花是生活中的一种挑战过程，只有出窑后始见分明，宛如未知的人生。

所以，有了“天青色等烟雨，而我在等你”。一个“等”

字，几分期待，几分惊喜，都在夜梦中。蔚蓝的大海，古老的波斯，在等郑和，等来了郑和西去。据说早期青花瓷器使用的釉下青料“苏麻离青”，来自伊拉克，即古代的波斯。崇尚蓝色，是波斯人特别的审美取向，“苏麻离青”使永宣青花登上青花发展史上第一高峰，它在东方古镇遇见了崭新的自己，是一种意外的惊喜。而赵小宝的痴情等来是一个青花的故事，一段凄美的情节，一种伟大与坚贞，“青花料”的命名，则是对姑娘廖青花的一种铭刻历史的纪念。

千年越过。也许，谁也没想到，青花开成了一种时尚。古镇上的女子总想把自己开成一朵青花，绿嫩如葱，永不凋零。在古镇，是谁在说，“如果你是青花，我就是景德”，

那一眼回眸，注定了我一生的守候。又是谁在说，“为了等你，我已妩媚了几个世纪”。岁月作证，这座江南小镇与青花苦苦相恋、不离不弃，生死相依的身影长过了时光，穿越一个又一个世纪，染得绿水青山，青砖、青瓦、青衣，青花四季盛开，惊扰了多少人的梦境。

“自此光阴归已有，从前日月属官家”。退了，闲了，喜欢上画青花，喜欢给时光涂上一层淡雅的青色。我知道，人生的喧嚣已过去，回归内心的静谧，这时才是人的清醒时分。我将一颗心安放古镇，素坯为纸，青料为墨，一笔一画，如入梦中。那一道道青色有生命的线条，是故乡那一条条幽静的深巷、院落、坯房，是那陶人瓷工跳动的脉搏，是这秋夜里古镇与世界对话的声波。

哦，夜静墨正浓，梦里青花，一地相思……

“玲珑” 那是古镇梦中的眼睛

有人说，“那不是江南古镇的玲珑瓷碗，分明是宋时留给岁月的一片灿烂星空”。许多人顺着古镇弯弯曲曲的小巷，走过大宋年间的一个又一个情节，一个又一个片段，为的是寻找人生的那片星空，惊叹巧姑的相思泪滴穿透了千年。有人说，景德古镇是一块生长神奇的土地，守候一个古老的传说。在这里，你若错过了白天的太阳，也许你会收获夜晚满天的繁星，透过玲珑眼孔你能窥望到宋代千年前的那个星夜，触摸生命演绎的精彩。古镇说，“玲珑”是我梦中的眼睛……

古镇，是一个生长故事的地方，像所

有的故事都被蒙上一层神奇色彩，像所有的眼睛都曾被泪水滋润。传说宋时，古镇上御窑厂里有一对少男少女，男叫宁龙，女叫巧姑，天生一对。当他们准备成亲的晚上，看中了巧姑的御窑监工抓走了宁龙，限期烧造出千套青花饭具进贡。寒冬腊月，泥坯冻结，可没难住宁龙，饭具瓷坯如期完成时却遭毒手。监工又抓来巧姑，逼其在瓷坯上画上青花图案。巧姑轻轻呼唤宁龙的名字，画坯时思考如何为宁龙报仇，泪水如春雨一滴一滴落在瓷坯上。终于，在坯画好之夜，将御窑厂真的变成了一座烈火熊熊的窑，烧死了睡梦中的监工。火堆里飞出两只美丽的小鸟，一只叫着“宁龙”——玲珑”，一只唤着“巧姑”——“布谷”，从此在古镇上盘旋。窑工们从废墟上挖出一件精美的瓷器，上面有一颗颗珍珠一样明亮，宝石一样耀眼的透明圆眼，那是巧姑滴在瓷坯上的点点泪珠，从此，古镇为人间多了一种富有寓意的瓷器——玲珑瓷。

其实，玲珑瓷来自于缺陷，恰恰是缺陷成就了另一种美丽。在宋代，景德镇瓷器中有一种叫熏炉的产品，炉盖采取镂空装饰，在烧成过程中，由于釉料在高温下的流动，加之烧成温度难以控制，往往使窑内温度过高，釉料熔融后流动常常将炉盖的孔洞填平，镂空装饰不复存在，达不到预想的效果，这个缺陷使瓷工一愁莫展。然而，当人们将出窑后的次品瓷对光一照，却只见光亮透明，异常美丽，像一道流星划开夜空，偶然的缺陷给人启发，柳暗花明又一春，弄拙成巧，终于在明代永乐年间成功烧出了玲珑瓷。当玲珑瓷飘洋过海到欧洲，蓝眼睛惊愕得半天缓不过神来，称之为嵌着玻璃的瓷器。这是东西方文明的对视，无法不惊叹遥远东方古国的智慧。

瓷如人生。也许有人云，玲珑瓷的出现冥冥之中注定是一种天意，然而，上苍是公平的，天意只惠顾智者与坚韧。古镇在历史的烟火燎绕中，辘辘车吱呀转动的是尘世的悲欢，对于瓷人并非是一种天籁之音。昌南经历了千年的风霜，在寻觅中是何等的漫长和难捱，玲珑瓷才穿过时空的窑道，闪烁在当今的世界，让后人透过那一颗颗米粒小孔看到那个时代的光芒。岁月的尘埃埋没了许多陶瓷故事，今日已难以读破，省略了许多艰难与坎坷，如后人读《闻官军收河南河北》，只领略杜甫难得的“青春作伴好还乡”的“喜欲狂”，却忽视了诗人其一生颠沛流离的苦难艰辛。我以为，古镇越千年，是昌南版的“化蝶”也好，古镇夜空的繁星也罢，瓷人在昌江里逆水行舟，从对梦想的追逐中体验不断挑战自我的刺激与惊喜，彰显自我完满的魅力与精彩，一次次到达成功的彼岸。世人正是透过玲珑瓷的透明米粒小窗，认识古镇，也认识中国。

人生如瓷。古镇的童年充实快乐而有瓷味，可以在坯房里肆无忌惮的玩泥，可以在昌江里用渣研打水漂，我最喜欢的还是拿着玲珑瓷对着灯光发呆，这时玉一般的瓷碗是玉一般的夜空，玲珑眼是晶亮晶亮的星星。于是，这一刻走进“星星仙语人听尽，却向五云翻翅飞”的境地。求学时，书

里的每一个铅字都是一个玲珑孔，都是知识的小窗，我从小窗里寻找未知的世界。当我成为一名执法者，玲珑眼变成了一双双不眨的眼睛，仿佛有许多人在盯着我的背脊，实际上人生就是走在T字的高台之上，在无数眼睛的聚焦下行走，也许如履薄冰，如临深渊，才走得坚实。进入花甲之年，人生近迟暮，落叶空山，像许多历尽沧桑的老者，常一个人孤独地仰望上苍，无法分清那星空与倒扣的玲珑碗，如庄子梦蝶，不知我是蝶蝶是我，只觉得星空一片，一片星空，甚是璀璨。当你面对这天色，心中也灿烂一片，人在这世上，经历过欢乐和艰难，留下了许多遗憾和无奈，或许正是那些遗憾呈现的是一种残缺的美，美得真实。所有经历过的风雨也变得温馨起来，所有的酸甜苦辣也变得饶有嚼味，是呵，走过山长水阔，方知心归何处，我依旧笑对春风。

往事如烟。梦之昌南，昌南之梦渐行渐远，却永远走不出古镇那双梦中的眼睛。当年，古镇没有将岁月愁苦凝成的泪，长久挂在珠山的脸庞，而是化成一双眼睛，在黑暗中寻找光明，化作今夜的满天星辰，让瓷工找到夜半回家的路。据说黄宾虹之所以成为今天的黄宾虹，多是因为他晚年患了眼疾，他的朦胧之眼，致使他的画如堆炭积薪，重重叠叠，从密不透风处透出水色天光，他的笔墨达到了无以复加的前无古人的境界。记得罗曼·罗兰曾说，“痛苦这把犁刀一方

面割破了你的心，一方面掘来了生命的新的水源”，如玲珑瓷的出现，述说着陶人瓷工肯定是这个世界上最具慧眼的人。周末，我喜欢在雕塑瓷厂的大学生创意市场闲逛，喜欢到陶艺街走走，喜欢到正在建设中的陶溪川

看看，我听到有人在说，“一个我们不曾有机会领略的舞台上，一群风华正茂的佼佼者正大放异彩，高歌猛进，只不过这演出没有我们的门票”。也许年轻只有春天，这里丝毫找不到陶瓷市场的冬意，商铺连营，人头攒动，一件件瓷作展示着青春，张扬着创意的魅力，演绎着生命的精彩……正是“玲珑剔透千般好，静中见动青山来”。蓦然，我觉得这星星点点的大学生创意市场和身后的作坊不就是今日古镇的灿烂星空吗？昭示着昌南明日又是一个艳阳天。此刻，我想对拼搏在瓷上古镇的人说，“天堂还在，但是否有你的位置”？

玲珑闪烁，美了昌南千年的月色，星星点灯，传承一个古老的传说。今夜，我从宋词中走来，想听你与世界对话的声音，想看你梦中那一双智慧的眼睛。哦，我的古镇，我的景德。

栖息景德　不只是享受宋时柔软时光

又是春天。悠悠千年，一个个王朝就这样被春夏秋冬更迭过去，渐行渐远。唯有“景德”年号被宋真宗捏揉成了陶瓷，永远留在了江南，也使昌南的一个古镇留住了宋朝，留住了宋朝的春天。今天，纷至沓来的人们走进了古镇，久久凝眸“景德”二字，仿佛穿越时空，梦回大宋……

有人说，景德，这个布满裂纹釉的沧桑古镇，被宋词浸淫了千年、闲适写意悠然的古镇，也许是宋朝留给现代人最后一块心灵的栖息地。

当古老的四合院、马头墙、胡同小巷、古城楼……留在昔日的照片中，被岁月一夜一夜漂黄，城市被模具复制着。许多人如蒲公英随风漂泊，寻找梦中回家的路，追求生命的真意。“走过山长水阔，方知心归何处”。漫漫人生，你也许已厌倦世俗与喧嚣，不能怪余秋雨说过“我最向往的朝代是宋朝”，陈寅恪先生也说过中国文化“造极于赵宋之世”，使许多文化人选择了“景漂”生活，选择纯朴，选择简单，不再“望断天涯路”，选择了古镇，选择了一千年前的宋朝留下的温柔梦乡。于是，许多人不是在古镇，就是在来景德的路上，或者身体，或者灵魂。只想在一杯浮梁茶中，享受简单的幸福，在一团高岭土里，揉捏自己的后半生。

都说，走进古镇景德，仿佛回到包容文明的宋朝。都说，宋人心中有山水，而没想到古镇将包容、宽容、从容表现得如此淋漓尽致，让人仰望或驻足。小镇很小，手中只有一团高岭土，一种指尖上的技艺，小镇却很大，大的不仅仅是他的名气，比他名气更大的是与生俱来的包容与大气。都说一个内心强大的人，才可能是一个包容的人。古镇自古没有城墙，襟怀坦荡觉知天下，从容自若悠然之中，正是内心的坦荡与自信，

吸引着越来越多的能工巧匠。“匠从八方来，器往天下走”，于是，有了十八省码头之称，于是，成为东方最古老的雅。于是，对曾出现的“封都”闹剧，古镇表现出异常的大度与从容。我以为，这深藏内心的天地如古镇的幽巷，如庄子云“天地有大美而不言”，是一种美丽，在于对悠久的风雨的穿越，在于沉默如金的积淀。

古镇从来就是拉坯的巧匠，一揉一捏，有张有弛，从容地揉捏着千年风雨沧桑，将昌南揉成了景德。而今天，当你拿起一团白泥，在梦想的手中不断的揉捏，柔韧的白泥，就是柔韧的宋时，让人悠然感受生命的各种形状之存在，这时，我们看到的世界，都来自我们的内心，你的情感、你的梦境，立体的凸现在面前，叫人不得不惊叹这个世界上没有什么比白泥更纯朴，更真挚，更柔美，这不就是那宋朝所弥漫的“柔的文化”吗？你享受的不正是大宋朝的柔软时光。而当一团团注入生命的泥，经过岁月的窑炉，却是宁折不弯，千年不朽，这就是泥土的力量，人们在这里感受一份坚强，这也许就是宋代所倡导所俱有的“温柔与坚强”。千年越过，仿佛仍在诠释宋时的某个经典故事情节，也不经意裸露了你我他生命中那根铮铮背脊。

人世间有五彩斑斓，七彩阳光，而古镇却褪去所有瑰丽的颜色，只剩下素色青白，以“白如玉”纵横千年。所以，在古镇景德，一个青白瓷就诠释了宋朝的风格。大唐王朝翻过了大红大绿的二百六十页，岁月的目光有些疲惫，于是，宋人选择了以素胜艳，创造了宋体来书写这个朝代。我以为，“绚烂之极归于平淡”，平淡得没有一点色彩，只剩下素素的淡雅，古朴的高贵。古镇注定是最早懂得宋代的智者。瓷工陶人崇奉“合于天造，厌于人意”，淡定看人生，宁静做自我，用纯朴的泥土，制成了独树一帜的宋代青白瓷，以表现宋人“闲和严静趣远之心”，有诗云“浮梁巧烧瓷，颜色比琼玖”。景德镇陶瓷学院院长陈雨前先生说，素色的青白瓷折射和反映了宋代审美思想、审美观念，赢得宋真宗皇帝的青睐，并以其“景德”年号命名此地。宋青白瓷以其古朴典雅、素静简洁、含蓄高贵在世界艺术史上矗起一座丰碑，景德给了岁月一个长长的素色背影。难怪在今天古镇中，仍风靡着宋代极简美学，许多现代人仍一身素衣、素色、素面朝天，在幽弄深巷的青石板上行走成了风景。

古镇，自古一瓷二茶，人们在这里画瓷、品茶，休闲、潇洒，追求生活品味与生命的意义，这正是宋朝至今被现代国人所推崇的生活模本。怪不得后人说，“宋人很喜欢喝茶，茶很简单，就是水加上植物的嫩芽，再就是精美的瓷器，这就是他们对生活的品味，他们知道生命的意义在那里”。我不知道，是宋人成就了古镇，还是古镇丰富了宋人时光。而古镇的时光是被原始的辘辘车轮转动着，转了一圈又一圈，却转不出大宋的景德年间，只因为围着陶瓷文化的原点。人生如瓷，岁月如刀，古镇把人生的泥坯放在辘辘车上，经过利坯、修边、挖底等七十二道工序，取舍、留白、进退、节制，剔除人生可有可无的东西，雕琢出一个个属于自己的器型，展示着自己的品行、品性和喜好，内心悠然而身体舒坦。所以，古镇有了那么多的幽弄深巷，那么多的坯房，那么多的茶舍画室。许多人停下跋涉的脚步，放下人生的行囊，浸泡在古镇酿造的惬意中，品味着宋时中国的雅致，享受宋代柔软时光，闲梦古镇，不知归……

闲梦古镇，从古镇瓷坯上找到的不只是宋时文人的情怀。当你走进古镇，转眼间就被捏进了这团宋真宗所命名的白泥之中……或许成为花瓶，进入世界的大厅，或许成为瓷板，注满人间的情怀，即使是粗泥，也能成为灰可器，与生活相吻。所以，有人说，在古镇景德，常常什么也不做，只与宋瓷呆呆对视，就能找到人生的尊严与尊重。有人说，每当夜深人静时，半生流年常常朝你回首走来，你却再没有纠结与慌忙，有着从未有过的释然。人的一生注定有许多艰难和坎坷，许多遗憾和无奈，谁说宋瓷无言，可是大爱无声，而当你在古镇体验鹧鸪斑、体验裂纹釉、体验玲珑眼、体验窑变、体验岁月的屋漏痕，也体验和发现生命的缺陷与缺陷之美，你听见了遥远千年传来的振聋发聩的声音。每当你在古老的深巷里，拾得一块斑驳的窑砖，也拾起了智慧，拾起对每个生命存在的意义与价值的尊重，变腐朽为神奇，发现缺陷之美，赢得宋时留下的那份尊重与尊严。于是，你会珍惜今生相遇的每一个人，包括你自己。

我不想说，古镇只是宋时留下的一块温暖的桑田，可我知道，栖息景德，不只是为了享受宋时的柔软时光，放不下的是现代人心中比宋人更崇高的山水。我敢肯定，许多人目光坚毅，义无反顾，脚步匆匆，是为生命的又一个春天而来！

君不见，德裔澳大利亚艺术家戴安娜跨越千山万水，是为了寻找这座“全人类的陶瓷圣城”，她向全世界说：“如果你有梦想，有创意，却又无法实现，快到景德镇来吧。”是呵，你可以来湖田三宝和苏东坡一起朗读宋词，“散我不平气，洗我不和心”。而更多的人是祈望，在古窑看一场沉晕落日，感受岁月的凝固与轮回，实现生命的升华与丰盈。古镇，从来是与世界对话的讲台，今天更是对话的高地，这里怎能没有你的声音！哦，古镇景德，离宋时不远，只是千年；距梦更近，就在开窑瞬间……

行走古镇，感受脚底的温暖

生活在古镇，每日行走，你不时会感觉到脚下石板或窑砖铺就的温暖，那是不小心重叠着历史上某个名人的脚印，或者踩到某个先贤拖过时光的长衫或裾裙。我知道，我是走在一个古老的故事里，走在唐诗宋词的韵律中。古镇，在它闻名于世的瓷器和香过岁月的浮梁茶的身后，是悠远厚重的文化，像一朵朵暗香幽然的花，吸引着历代文人墨客纷至沓来……

古镇，有一条条纵横交错的幽弄深巷。我以为，是先贤们烙在这块土地上长长的背影。于是，我喜欢上了在小巷里散步，能听见自己的足音和心跳，不为遇上徐志摩笔下的丁香，只为寻找明宋应星的足迹，我走在他的科学巨著《天工开物》里，走在关于古镇的那一段字里行间。这本巨著有专述陶瓷烧造的《陶埏》，为该著的第七卷。这是作者宋应星于明崇祯七年（1634 年）期间，到景德镇穿小巷，进坯房，观柴窑，仔细考察后写下的。这部科学巨著为中国科学技术的发展做出了历史性的贡献，同时，也为景德镇陶瓷文化留下了宝贵的经典文献。

古镇，四面环山。东有马鞍山，南有禅师山，西有旸府山，北有石埭山。我常常登高，为享受那一览众山小、山高人为峰的感觉。今日，马鞍山是车水马龙的城市中心，而唐时却是禽鸣兽叫，森林茂密。秋日，当我登上不高的马鞍山，抬头仰望“云门教院”四个大字，是书圣颜真卿当年到此一游时，挥毫而就，并与诗友联句“素瓷传静夜，芳气满庭轩”。而今，小院木门斑驳虚掩，我停住欲跨门坎的脚步，寻思数久，不忍惊扰院内颜鲁公，似乎仍在与众友高诵《五言月夜啜茶联句》，那声音穿透时空，至今还在古镇上空回荡。

假日，自己常常窝在茶室，一本书读到无字，一杯浮梁茶品到无味，享受独处的宁静。“商人重利轻别离，前月浮梁买茶去”，这是唐代大诗人白居易《琵琶行》中的诗句，也是今日浮梁茶的绝好广告。唐德宗贞元十五年（799 年）初夏，年方二十八岁的白居易，前来看望住在浮梁的大哥白幼文。浮梁是天然的避暑胜地，于是，白居易住了下来，每日临窗读书，茶肆品茶，与茶客聊天，爱上了浮梁茶，爱上了浮梁茶市，度过了一个茶色浸泡的夏季。翌年春月，他在长安以第四名中进士第。十六年后的元和十一年（816 年）秋，白居易送友人到浔阳湓浦中，遇商人妇夜弹琵琶，遂写下千古名篇《琵琶行》，将对浮梁茶写进了长诗中。此时，白居易不仅是一个地方官员，更是一名声名显赫的大诗人，诗咏浮梁茶也自然成了流传千年的广告词。我以为，今天，许多人喝浮梁茶，除了品味高山之巅的云雾，还能从茶中品出白居易笔下的诗味。

很幸运，陋室附近就是古镇的景观之一莲花塘，迈步可及。而很少人知道二十华里外的旧城，原有莲荷塘，同为风景区，更不知莲荷塘系范文正公所修。宋景祐四年（1037 年），任职饶州的范仲淹到浮梁巡察，听过当地官绅关于此地常年遭旱涝的报告，实地考察后，决定利用水源，整理水渠，将洼地变成水光粼粼的莲荷塘，既解除了旱涝之忧，又成就当地一大风景，可惜清末后逐渐淤塞为一片良田。今日，我看见金秋的稻谷仍在低头思念范文正公，遥想当年，后乐亭里是否还挂着“先天下之忧而忧，后天下之乐而乐”的匾额，秋风萧萧，一派“又见江南黄叶村”的思绪。

一日，我与几位知青老友同行，到浮梁寻找失落的青春。四十多年前，我们上山下乡垦荒种地的地方，已成为美丽的三贤湖，波光粼粼，正讲述着先贤，还有我们的故事。北宋元丰七年（1084 年），出生于浮梁的佛印，在外多年，应邀回浮梁宝积寺小住，恰在此时，苏轼等来到浮梁，看望好友程筠之后，偕黄庭坚到宝积寺与老友佛印相晤。几人雅兴大发，或泛舟莲荷塘，或月夜泛游昌江，或品茶诵诗，尽享山水幽雅之乐，给古镇留下了千古佳话。浮梁人为了纪念三位先贤，开辟了千亩湖面的三贤湖，楼台亭阁，小桥弯弯，三位先贤的身影站在三贤湖旁，又在酝酿着新的诗篇。

今年月圆之夜，我沿昌江而上，到旸府寺前赏月，此时，不想早已游人如织。大概都是为了体会岳飞当年夜登旸府山绝顶，与禅师朗日同赏月色的情景。《浮梁县志》记载，“绍兴三年秋八月，岳飞自江州入朝，浮鄱江水，泊景德镇，驻于肇阳石壁之下，登旸府山绝顶，为山僧朗日留三宿，题有联，今尚存……”皓月之下，我仰望岳元帅近九百多年前为古寺留下的字迹，“机关不露云垂地，心镜无瑕月在天”的楹联和旸府古寺的横额，历经沧桑，至今仍散发着将军的豪气和宋墨的清香，染红了寺前满山红叶。

也许是长期从事法律工作的原因，我曾在浮梁旧城苦苦寻找王荆公笔下的听讼轩，想看看这位积极推行新法的

先者足迹。宋时庆历二年（1042 年）间，王安石造访浮梁，看望好友，写下题为“王浮梁太丞之听讼轩，有水禽三巢于竹林之上，恬然自得，邑人作诗以美之……”据《浮梁县志》记载，在浮梁县城内曾有个听讼轩，轩在何处，现众说不一。但王安石写下的“水边舟动多惊散，何事林间近绝疑……”给今人留下了对美好幽雅之地的想象与找寻的理由。

“巍峨雁塔倚虚空，铃铎声传十里风……”年轻时，曾登上浮梁宋代红塔，虽没找到大明皇帝的脚印，但感受了“步履登临遥望处，江山如画兴无穷”的诗意，而今天出于保护，登塔已成奢望。朱元璋当年与陈友谅大战鄱阳湖，失利藏身于塔中，躲过了一劫，巍巍红塔成了朱元璋的福地。当上大明开国皇帝后，朱元璋逐下旨大兴修缮，使之成为今日古镇一大胜景。

哦，“才子尽是多情种，写得文章念故人。”古镇留有太多的名士故事、先贤脚印……我常想，翻开昨日的书笺，等待迟来的重逢，你将每一天都可以生活得精神灿烂。

文化，是历史长长的背影。

如果，古镇是一本厚重的书，那一串串脚印是扉页上鲜红的印章，永不褪色。记不清哪位学者说过，走过昨天的人类，总是在自己的先辈留下的充满美感的人文景观中，感受到一种只有人类才有的温馨和激情。这个世界上，昔日的雪泥、鸿爪总是弥足珍贵的。是呵，可惜迟到的是我们，如今可以带我们走近先贤的，只有古镇的那长满青苔的一砖一瓦，一草一木。时空无情，后人，今天只有把对先贤、对昨天的敬意，都化作对古镇的呵护。

今天，我们该做些什么？昨天，不正是排着长队缓缓离去的今天吗？

古镇景德，心中那片“爱琴海”……

——再读《拜伦诗选》的联想

“我的祖国？在无声的土地上／英雄的颂歌如今已沉寂——／那英雄的心也不再激荡／难道你一向庄严的竖琴／竟至沦落到我的手里弹弄？”

我不再年轻。浅秋，翻开近四十年前买的《拜伦诗选》，仍被永远年轻的拜伦的诗人情怀所感染，所激动，联想起了脚下这片温情的土地。蓦然，拜伦、爱琴海、古希腊文明、中华文明、昌江、陶瓷、景漂一族，这些似不关联的词，却在脑海中连成一片，泛起串串涟漪。

拜伦，十九世纪英国伟大的浪漫主义诗人。《哀希腊》是拜伦著名长诗《唐璜》的第三章。此时，拜伦仍在英国，但他满怀深情地称希腊为“我的祖国”，我曾一片茫然；几年后，读到作家学者余秋雨先生提出的“文化祖国”才释然顿悟。是的，“血缘祖国”没有选择余地，而一个成熟的人可以选择自己的文化故乡和精神家园。拜伦选择希腊为文化祖国，愿意接过希腊的琴弦，流浪在爱琴海边，追寻那先贤哲人的脚印。

希腊爱琴海滩，相信是多少人梦里的桃源。而海边的圣托里尼岛，是柏拉图笔下的自由之地。有世界上最美的日落，最壮阔的海景，尤其是众多艺术家的聚集地。诗人、画家面对蔚蓝色的爱琴海，自由挥洒着自己心中的豪情。作家学者余秋雨说，这里曾徘徊过埃斯库罗斯、索福克勒斯、苏格拉底、希罗多德和柏拉图。而几乎同时，孔子、老子、释迦牟尼也在东方思考，这就是公元前五世纪，被人称为“轴心时代”的神秘岁月，众多的精神星座灿烂于一时。

中华文明与古希腊文明犹如两颗璀璨的明珠，在世界的东方和西方交相辉映。如果说五千年的中华文明，可以用一种器物来传递它的魅力的话，那无疑就是“China——陶瓷”；如果说中国古陶瓷，是中华民族贡献给世界的一份极为珍贵而绚丽的人类文化遗产，那脚下这块土地，无疑是孕育陶瓷文化的摇篮。在热爱艺术的人们心中，古镇并不宽阔的昌江，就是东方的“爱琴海”，波澜壮阔、一片蔚蓝。

“匠从八方来，器成天下走”。悠悠景德，千年古镇，从来就是艺术家、能工巧匠的东方聚集地。这里让人触摸到大宋的柔软，遇见最古老的御窑，最古朴的幽弄深巷，每一块窑砖或石板中都夹裹着一片明媚和传奇，引诱着有梦想的艺术家、能工巧匠前来。只见昌江里一叶轻舟或一艘木筏，携着人生，接踵而至，不问归途，无谓往返……

清末的新安画派携着浅降画法来了，珠山八友来了，王锡良来了，张松茂来了，秦锡麟、周国桢、刘远长……来了；

尤其是近些年来，不管地域，不分国籍，不论艺术门类，不分年龄，只要血液里活跃着向往陶瓷艺术因子，许多人穿越千山万水，只为了心中那片“爱琴海”，这块人生的文化故乡和精神家园。据不完全统计，目前在景德镇创作、交流、居住的国内外艺术家近三万之众，其中来自美、英、澳等世界各地的近千人，超过了鼎盛时期的北京宋庄，被称为“景漂现象”。

哦，梦之昌南，瓷之中国，问古镇，瓷为何物?

有人说，陶瓷是一种文化，是中华民族形象、民族心理的载体，是历史发展的活化石。古镇“瓷都”变成“磁都”，彰显的是文化的磁力、艺术的魅力，能穿越岁月时空，超越国界疆土。今天，浸泡在古镇，拾起一块古瓷片，就能享受宋时的阳光明月，感受到宋人的儒雅、金人的放浪、元人的粗犷、明人的含蓄和清人的热烈。古镇的惬意与从容，是千年的陶瓷文化酿造，让时光慢慢品味它的雅致。

我以为，陶瓷是一种生活方式，是景漂人前世今生的一个梦，是梦萦魂牵那条回家的路，“惟怜一灯影，万里眼中明”。古镇时光像瓷器的器型，圆圆的，一千年转了个圈，仿佛出了一趟远门，又回到了文化的原点，回到了大宋景德年间，做圆的主人。而古镇说，是谁说过喜欢宋朝的柔软，我一直在。当景漂人面对一团柔软的白泥，你可以是画家，可以是雕塑家，进行一次艺术家、文化人理想主义的浪漫尝试，迎接生命的挑战，体验在泥与火中的重生。多少年后，细数岁月春秋，你最温馨还是在古镇感受到故乡的温度。

更多的人说，陶瓷就是人生。小时候，总以为陶瓷就是碗、盘、碟。在古镇景德，走过高岭、小巷、坯房、龙珠阁，看陶人将瓷坯放在辘辘车上，揉捏、成型、修边、挖底……等一道道工序，像时光减去人生臃肿多余的东西，只留下纯真，感觉到人生就是由泥到瓷的过程。瓷工删去心中的烦忧、生活的失落、外在的浮华，只留下心中那片山水、那片宁静，找回大自然的芳香与生命的蓬勃，艺术才能傲然在天地之间。这也许就是自己，繁华落尽，岁月沧桑，一幅用宋时素简风格的作品，画的是人生秋后。

其实，陶瓷就是古镇这条川流不息的昌江河，它是最早的景漂一族。秋阳里，我站在三间庙古渡口，看昌江日夜北

来南流，听水碓不倦地碾过时光的河床，感悟那是陶瓷文化在传承。古往今来，没有人的迁徙，就没有文化的传播，就没有艺术的交流、碰撞与进步。古镇的包容，成就了一代又一代艺术家，而源源不断的景漂人如松柴、如焦煤，使窑火千年不熄，铸就了古镇的辉煌、陶瓷文明的神奇。

“呵，那是东方，那是太阳居住的地方——／他能否对他子女的行为微笑、赞赏／呵，有如情人告别的声调一样炽热／那是他们的心，和他们所要讲的故事。”我知道，拜伦诗中所歌的东方当然不是古镇，正如他奔赴希腊，也不仅仅是文化之故。古镇不就是东方吗？在艺术家的心目中，镇窑就是太阳居住的地方。三毛言“心若没有栖息的地方，到哪里都是流浪”，哦，泊在古镇，心不再流浪！

上世纪初，苏曼殊、章太炎将拜伦的《唐璜》翻译给国人，当时，“他们在远远的哀悼希腊，其实在近近地感叹中

国”。是的，感叹今天的中国，今天的江南，众多艺术家聚集古镇景德，成为一种生活方式、一种时尚。“但使主人能醉客，不知何处是他乡”，古镇天生有李太白的胸怀与豪爽，双臂拥抱每一个归人或是过客，那是珠山每天升起的阳光，和阳光下灿烂的微笑，听他们所要讲的故事，讲我在景德镇等你……

太洋彼岸的“爱琴海”，你也在聆听吗？

写于 2017 年 9 月 29 日深夜

珠山，是一种岁月

无需约定，秋天就这样不期而至。可我始终相信，时光的落叶，难以覆盖每一个古镇人心中的珠山情结。清晨，我登上龙珠阁的木梯，俯望古御窑遗址，墙头缺处见青山，那是一首诗，“山色川光南国天，珠峰千仞绿江前。萧萧伫立秋云上，多是龙携出玉渊。”传说是五代后晋礼部尚书石和凝吟咏珠山的。

今人不知秦时月。又传珠山那时是一片茫茫无际的原始森林，番君——鄱阳县令吴芮策马路过此地，登上山巅，见其马立于山脚之下，青山绿水间，兴致顿生，遂将此山命名为立马山。因四周有五座山峦，便有五龙抢珠之说，唐代改名为珠山。明清两代，珠山成为御窑厂的所在地，更是添加了几分皇家的神秘色彩。其实，传说从来错综迷离，古今多少事，尽付笑谈中……

珠山之巅，历来建有亭阁之类的建筑供人观赏、游憩，如唐代建的聚珠亭，宋朝修葺后称中立亭，明万历改建时称环翠亭，后改名为朝天阁，清代雍正年间改称文昌阁，民国直至而今名为龙珠阁。这里一直是昌南的象征，古镇历代文人墨客，特别是著名的珠山八友曾在此吟咏。新中国成立后，龙珠阁图案曾为商标置于瓷器的底款，被称之为景德镇的城徽。

然而，今天当许多人越过千山万水，从天南地北来到古镇，朝圣过御窑遗址，默诵石和凝的《珠山》诗作，千年而归疑问生，不禁发问，龙珠阁下可是珠山？“珠峰千仞”在何处？就连镇巴佬也只知道珠山区，而当来客问起珠山的位置，也答非所问，让人一头雾水。也许后人误解了石和凝诗

的对象，也许“不识珠山真面目，只缘身在此山中”，改了苏东坡的诗意。其实不必深究，会意就可。

而我一直不知道，是千年窑火将一座山熏成了朱色，还是珠山点燃了窑火千年。督陶官唐英曾认为，古镇是“山环水绕，中央一洲”，而定洲神助便是珠山。今有文载：“千年的瓷业文明便围绕珠山而兴，明清时的御厂也依该山而构，里弄市井亦绕此而生。由此产生的大量瓷业垃圾又向南、向西堆进，从而垫高河洲、蚕食滩涂并为城市蔓延创造新的发展空间。可以说，古镇景德是立足于深厚的瓷业垃圾发展而来的千年古城！”经多年考古发掘后，有人认为，珠山“属人为堆砌”，有人言，“珠山是个用掺杂瓷片、窑具的渣土堆填出来的假山！”有学者指出，“从现有考古证据看，在明初珠山并不存在。从宣德时期成山运动开始，直至最终形成我们所看到的珠山，这一过程当与御器厂有关”，“永乐以前

并没有珠山”……我脑海突发奇想，珠山可否理解为王者之朱，与明朝之“朱”色有关？但作为一个法律人，我更重“证据”。其实，谜底只在时光层层叠叠的堆积中。

只见龙珠阁飞檐翘角，雕梁画栋，千百年后依然气势雄浑，傲视江南，耸立就是半个景德。后才知她的“底气”，任时光流传皇气存。我住在龙珠阁对面时，古陶瓷专家罗学正教授到陋室时，笑谈中说我住在一堆宝贝之上，令我几分自得。原来，古镇底下的“垃圾”都是宝藏，考古学上叫“文化层”！特别是龙珠阁下，也就是御窑遗址周边，掩埋有大量被砸碎的御瓷。御窑生产的瓷器是专供皇宫里使用的，为了保证御瓷的质量和数量，一件御瓷往往要做多件供挑选。在保证了皇宫的瓷器后，剩下的必须在督陶官的监督之下，砸碎就地掩埋。当时御瓷标准非常严格，不惜成本，容不得半点瑕疵，所以，今天人们见到复原的御瓷，是皇家的昨天，仍贵气逼人。

昨天御瓷的传说，却勾起贪婪的离奇。我在公安工作期间，曾参与“打击盗挖古瓷片的专项斗争”，有几起案件至今记忆犹新。犯罪嫌疑人先在御窑厂周边租一店面，雇请煤矿工人晚间往地下打洞，泥土用麻袋装好码放于店内，盗挖到古瓷片后，然后将泥土回填。有一晚，正在此上夜班的政府工作人员，竟然听到地底下响起鞭炮声。破案后才知道，犯罪团伙那晚盗挖到了“大宝贝”，现场庆祝一下，真是胆大妄为，也叫人啼笑皆非。

在古镇，瓷画上的大多落款“画于珠山”，其实是画于景德镇的雅称。据说六十年代初，珠山曾先后被作为瓷都的“六景”或“八景”之一来画。曾看过张松茂大师的大型瓷板画《阁临珠山焰辉深》，画面只突出了绿荫丛中的龙珠阁，既巧妙绕过“珠峰千仞”，又给人留下想象的空间。

一座山，穿过千年云烟，承载古镇的传奇。然而，不见珠山真面目，飘忽昨夜迷雾中。

作家陈鹏举说过，这个世界上所有的河流山川风景，都是上苍的作品。是自然界将自己的念想，在苍茫天地间写的书、绘的画、涂抹的书法。也许鬼斧神工，但这些作品其实大多是写给人的眼睛的，是上帝为人类打开一扇扇的窗户，送来自然之美。而另一种的风景是写给人的大脑的，即使同一处风景却众说纷纭，成为大众竞猜节目。但是，也许因为精彩，让人绞尽脑汁；也许因为书太重，读起来劳神累心。我曾看过一次陶艺展览，也许超出了我的想象范围，走出展厅还未缓过神来，仍在琢磨那抽象扭曲的含义，终不知所云。

记得还有作家指出，有一种风景是写给人心的，让人的心灵来感受。看过万里长城、壶口瀑布、泰山日出……谁不怦然心动，激动不已。那是一种气魄、一种呼唤、一种崛起……！我总觉得有一种摸不着的情感在头顶上流动，心中惊涛拍岸，水雾蒙蒙迷漫在天地间。此刻，耳边仿佛谁在说，每一幅风景都是局部，而我们国家我们民族上下五千年才是一幅完整的伟大巨作，人们被那艺术的氛围与魅力、被那前仆后继英勇卓绝的精神、被那一颗颗跳动的心声所包围所感染所震撼！

呵！真正的风景都只在人的内心。

蓦然，我仿佛读懂了时光笔下的昌南，读懂了傲然而立的龙珠阁，读懂了精美绝伦的瓷画瓷雕瓷瓶……也就读懂了古镇史册中那纵横交错、重重叠叠的墨迹。

记得王锡良大师常说，以自然为师，方得天地情，这是我们画瓷手艺人一辈子的事。古镇作为一座陶瓷艺术之都，当你徜徉在大街小巷，实际上是在阅读艺术家们向大自然学习的心得。此刻，我才感觉如醍醐灌顶，寿近百岁的老人一语中的。我想起，镇上有一种瓷雕工艺，叫堆雕。按照考古发现，“珠山”不就是古镇千百年来，向大自然学习，用堆雕手法，用心所创作的一件陶瓷旷世之作吗？

我敢说，“珠峰千仞”从来与海拔无关！

呵，珠山不是一座山，也不是宋真宗遗留在江南的那个年号，或那顶朱色王冠。我以为，珠山是一本书，让人让时光让上苍，静静地阅读，默默地感悟；珠山是一种文化，是古镇的文化层，是堆积的时光；珠山是一个精神的高地，只能耸立在古镇人生命的深处；珠山是一种岁月，是一种超越凡尘的美丽，而这种美丽，在于悠久，在于有着许多沉默如金的积淀，写入厚重的《中国陶瓷史》。

“庄子梦里翩翩蝶，环翠珠峰夜夜还。”唐英调离古镇后，梦回珠山，写下这首《忆珠山》。哦，碌碌红尘，繁华如烟，百年光阴一梦蝶。我想，今天的我们，也许比任何时候，更需要一种对文化的眷恋与情怀……

写于 2018 年 10 月 16 日夜

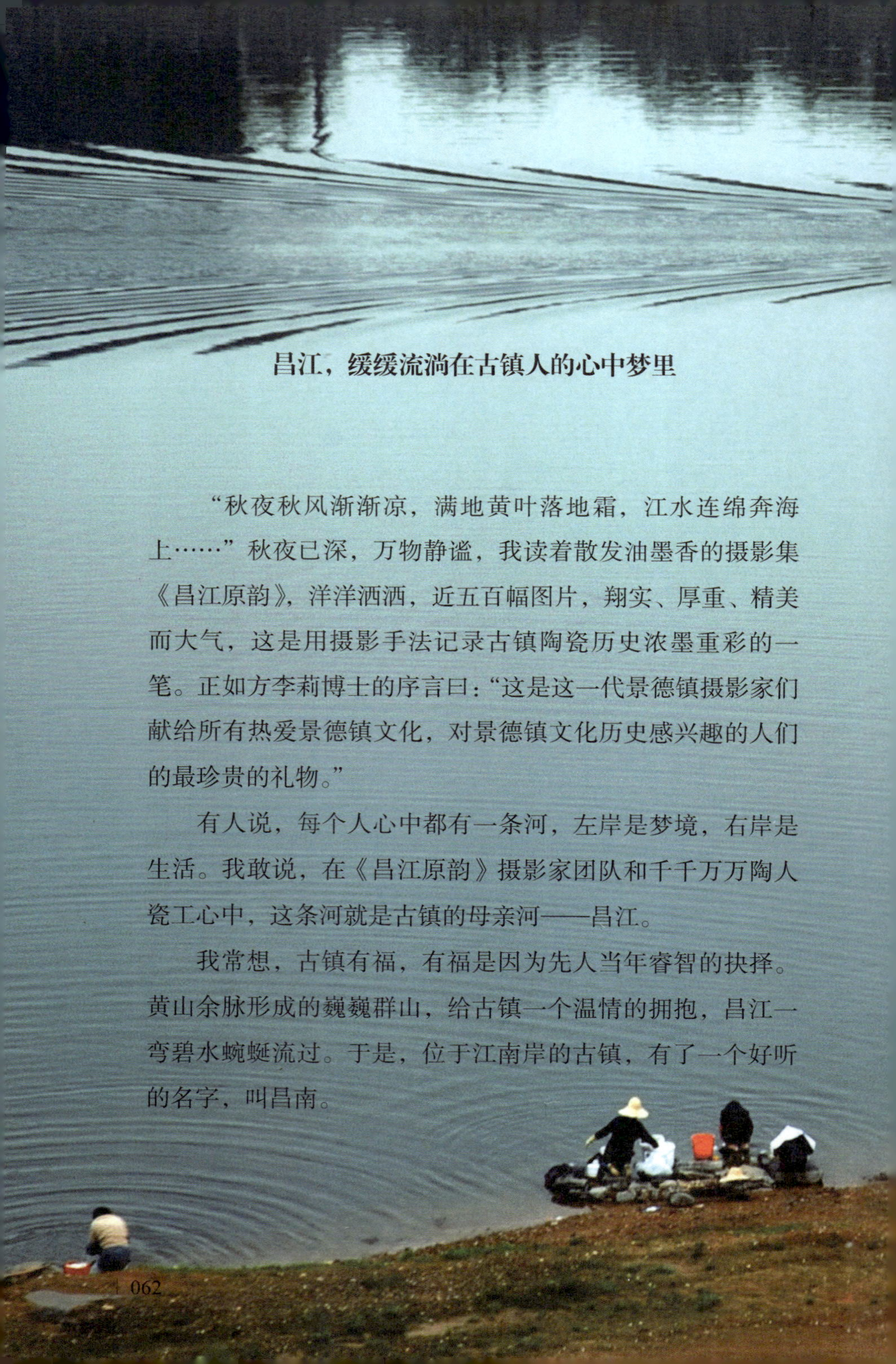

昌江，缓缓流淌在古镇人的心中梦里

“秋夜秋风渐渐凉，满地黄叶落地霜，江水连绵奔海上……”秋夜已深，万物静谧，我读着散发油墨香的摄影集《昌江原韵》，洋洋洒洒，近五百幅图片，翔实、厚重、精美而大气，这是用摄影手法记录古镇陶瓷历史浓墨重彩的一笔。正如方李莉博士的序言曰：“这是这一代景德镇摄影家们献给所有热爱景德镇文化，对景德镇文化历史感兴趣的人们的最珍贵的礼物。”

有人说，每个人心中都有一条河，左岸是梦境，右岸是生活。我敢说，在《昌江原韵》摄影家团队和千千万万陶人瓷工心中，这条河就是古镇的母亲河——昌江。

我常想，古镇有福，有福是因为先人当年睿智的抉择。黄山余脉形成的巍巍群山，给古镇一个温情的拥抱，昌江一弯碧水蜿蜒流过。于是，位于江南岸的古镇，有了一个好听的名字，叫昌南。

当我站在建于民国的浮桥之上，看江水在脚底缓缓而流，昼夜不停，低声吟唱，穿城而去……我问昌江，你流过了千万年的阳光与月色，滋润了古镇的大街小巷，漫过了陶人瓷工温暖梦乡的堤岸。你来自何处？又奔向何方？

呵，大爱无言！江水无声！

《昌江原韵》的摄影家们多少次冒着盛夏酷暑、寒冬腊月，逆水而上，去寻找心中山水的源头；又多少次翻山越岭，晓行夜宿，漂流而下，行进在“昌江原韵”镜头中，只是为了给热爱昌江的人们送上一份视觉盛宴！

记得今年初夏，编者之一江永帆好友和我们一起去探望昌江源头。只见他轻车熟路，娓娓道来。昌江的上游，在安徽境内名为阊江，阊江入赣为昌江，阊字的“门”就是我们身处的连绵群山，山中原有一处崖石对峙，流急滩险，称阊门。你看万山汇聚一江碧水，破门而出，扬波而去，变“阊”为“昌”，形象而恰如其分，表现了古人为江河命名的智慧。登上大洪山山顶，瞭望古道，崎岖蜿蜒，山谷幽静，丛林丰茂，溪水甘泉，碧绿澄澈，涓涓细流，终年潺潺，汇一湾湖水，波光粼粼，瀑布飞泻，穿过山石纵横的山涧，一往无前，孕育了阊江——昌江；峡谷中，一块巨石昂然耸立，上刻着“阊·昌江源”几个苍劲的大字。古镇，地处皖赣交界处，应感谢上游对山川植被的精心保护，留住了溪水潺潺，才有昌江水悠悠，碧波万古流……

有人说，爱上一座小镇，不需要太多的理由，也许一汪碧水就够了。昌江哺育了古镇，滋养了古镇人的生活。年复一年，远古的风从大山深处吹来，吹皱了江水，吹皱了岁月，将江南岸吹出深深的皱纹，那是沧桑的褶子，古镇叫它小弄或深巷。

我和众多的镇巴佬就生长在这褶子里，枕着昌江入眠，在水边河滩上玩耍。长大后，见过长江，见过黄河，也见过密西西比河……但从心中梦里流过的还是昌江。温存的江水缓缓流淌，慢慢地改变了古镇的岁月，渐渐影响了我们的容颜。所以，陶人瓷工千方百计将昌江留在心灵的深处，藏在了高岭土中，然后在窑火中凝固，总以为藏好了，留住了光阴与生命。而满街的瓷器恰似早生的白发，泄露了昌江换一种方式顽强的存在，泄露了昌江的年龄与忧虑。我们知道，昌江的伟大，并不在于它的苍老，而在于它孕育了古镇，孕育了古老的陶瓷文明，这条并不宽阔的江也因此闻名于世而永恒。

曾看过塞纳河左岸的古老与右岸的繁华，而昌江很长时间只有左岸或称昌南岸。水、土、火，是古镇人日常生活，也构成了古镇之梦的三元素。“在山石骨出山泥，水碓舂成自上溪。”昌江，推动着吱吱呀呀的水车，化泥土为神奇，赤焰雪泥之间创造出千姿百态的锦绣陶瓷，从此翻开了《中国陶瓷史》。于是，一块块高岭土粉碎，稀释成泥浆，揉搓成泥团，成为形态各异的碗、碟、盘、杯……盛满文火细烟、杏花飘香的饮食文化；成为秀骨清风的文房用瓷，衬托了文人雅士的陋室文心；成为翰墨淋漓、诗情画意的瓷画艺术，饱含了浓郁的文学意味，浓缩了生活的渴望和艺术的追求……哦，一个旋涡一个造型，一朵浪花一个构思。昌江，用一滴水将生活与艺术揉捏得浑然一体，支撑着古镇之梦，将东方文明演绎得淋漓尽致。

是呵，古镇因昌江得名，也因昌江而兴。“器成天下走”，多少年后，昌江成为古代东方水上“陶瓷之路”的起点。我深陷沉思，为什么来自于大山里的母亲河——昌江，有山一般的意志，却还有着宽阔的胸怀？她在三间庙南侧，纳南河水，折向西南，流入鄱阳境内，与乐安河汇合为饶河，再汇入鄱阳湖，奔向万里长江出海……古镇的陶瓷承载着中国文化和东方文明，通过这条水上之路，远涉重洋。从此，景德镇瓷器从宋代开始，作为中国主要的外销商品，与茶叶、丝绸、漆器等一起，成为亚洲和欧美大陆上流社会的奢侈品，身份高贵的象征……“如果没有昌江，这些瓷器就不会陈列在世界不同国家的博物馆中。”在太平洋彼岸，在欧洲大陆，“昌南”成了陶瓷文化乃至中国的代名词，这也是世界对昌江的最高奖赏。

我一直以为，昌江流淌的不是江水，而是我们的生命。《昌江原韵》编者说，“母亲河，是收藏童年、见证青春的地方。”多少年来，我常在夜深时，将幼年从河滩上拾来的一瓷片紧贴在耳畔，听江水悦耳的声音，听“昌江原韵”，也是在听光阴，听我们的生命一秒秒流逝的声音，让心中那颗珍惜的大树一寸寸成长。也许只有经过岁月沧桑的磨砺，得到净化的灵魂，才能听见与品味昌江仍在瓷片里缓缓流淌……人在夜深时，总有自省。也许江水能给人们躁动的心灵疗伤，寻找蕴含生命的力量，天亮后继续前行。于是，温存的昌江，也成为一条让我和古镇人永远珍爱生命、催人奋进的河。

夜读《昌江原韵》，让人感受到摄影集的美，并不仅仅记录了昌江的风光、人文景观和它流过的时光，还在于昌江和它养育的陶人瓷工，竟是如此相近相似，一方水土养一方人。匠从八方来，憨厚的陶人瓷工正像哪位学者形容的一群人，他们如一滴滴山泉汇聚古镇，仿佛是为了体验一种人生

不长久的美丽，也为了塑造古镇的千年生动，才活在这个世界上，没有让人目眩心折的伟岸，可是，他们都有一条有着悲怆底色的透明的生命，像昌江让人心碎的碧波与青山，美丽与凄楚是那样不可分离。

老子曰：“上善若水，水善利万物而不争。”江永帆、郑鹏和众多的摄影家“踏遍红尘路，结伴水云间”，他们用十年的光阴，用儿女们对母亲河的一腔热忱，成就了《昌江原韵》。让我可以在这个寂静的秋夜里，感受“有容颜、有记忆、有温情”的昌江，俯瞰昌江的百里风光、五彩斑斓、四季更迭；聆听摄影家们“以唤起这方水土子民们对母亲河的珍爱”的声声呼唤！

哦，秋夜，我撑一支长篙，披一江月色，两岸痴情，穿过岁月的倒影，荡漾在《昌江原韵》的碧波之中……

“渣头碗”断想

古镇景德，谁家都有几个粗瓷“渣头碗”，作为日常生活中盛饭装菜的容器。对于中国百姓来说，民以食为天，“安身之本，必资于食”；梁实秋、周作人争相写下《雅舍谈吃》、《知堂谈吃》，谈得津津有味。而作为镇上的“老崽俚”，我一直觉得，渣头碗就是生活，渣头碗就是我们童年温暖的记忆，盛满岁月的沧海桑田，装着我们生活的苦辣酸甜。当然，也装着古镇人的《菜羹赋》、《豆粥》、《老饕赋》。

景德镇方言渣头碗，又称渣胎碗。

渣头碗很民间，表现的是民间艺术和百姓情怀，尽管故事有些沉重。宋时古镇，有很多官窑或御窑，而渣头碗只能出于小巷深处的民窑，俗称“灰可器”。有人说，艺术这个东西，是附丽于苦难的。渣头碗也难逃过此例。传说，宋时安徽繁昌柯家寨的工匠来景德镇谋生，初来乍到，又缺乏资金，只好利用坯坊中清出的下脚废料，做成粗瓷碗来讨生活。因大小适中，价廉物美，很快成了普通百姓桌上的餐具，也成就了艺术。而准备倒掉的下脚废料，像外来工匠一样得到尊重，废料的价值因不同的眼光得到完美体现。所以，我以为，宋时的古镇景德，匠从八方来，是不同的文化背景，不同的艺术经历，不同的视角在这里撞击，成就了景德镇。

由此我想起，一个个古镇组成的中国，历经磨难，却能从血海中浴火涅槃，一次次雄起，五十六个民族的文化精髓如放在一个偌大的渣头碗里，凝聚与共融，铸造出中华民族的坚强与包容的性格，产生了巨大的能量。刘敬廉、魏中军在《美国为什么与众不同》一书中写道，“当年，纽约市长站在9·11后世贸废墟上问：‘谁是美国人？美国人就是站在这儿的你、我、他，就是你们中间的各个种族的人。’联合国现有一百九十多个成员国，纽约却有两百多个国家的人居住。多元文化的共融成就了美国的强大，注定了它的与众不同。”而在古镇，一个三线城市，近年来，又有数万名艺术家如过江之鲫，在这块土地上安营扎寨，成为一种生活方式，成为“景漂现象”，为古镇再次呈现宋式繁荣埋下了伏笔，作了铺垫。

渣头碗很中国。把中国书法在瓷坯上表现得极致，使故事有些飘逸。青花的粗细线条勾画点撇的抽象纹式，龙飞凤舞，将碗上的青花图案画成了历史的一个谜。有人说是刀字纹，有人说是茶花纹，有人说是秋苇纹，有人说是蔷薇纹。众说纷纭，只能意会，都在瓷工的心中梦里。更有人以为，瓷工远离家乡，画面上写的是一个个“柯”字，越写越草，传达的是“唯有山茶偏耐久，两地蒹葭昨溯伊，东风且伴蔷薇住，青白无言告家翁”的游子情愫。明代大画家徐渭感慨地说，这是“直抒胸臆，信手写出，如写家书，虽或疏卤，然毫无烟火酸馁之气，实乃为书画一体之绝妙文章”，“迨草书盛行，乃迨始有写意画”。因此，有专家认定渣头碗之谜，诠释即在其中，灰可器也应是“徽柯器”。不过，在人们眼中它只是古镇上瓷人工匠的草书律动。当你面对渣头碗的坯胎，你就是怀素或者米芾，写什么并不重要，只剩下内心情愫的一种排遣，泥坯上的发泄、瓷胎上的舞蹈。都说，草书是大境界，而大境界从不拒绝任何人，给人以寥廓的空间。

其实，在中国人眼中世界原本是一群线条，绘画是画家对线条的摆布，而书法则是直截了当的线条艺术。毛泽东不是画家，却是公认的书法大家。据说毛泽东求学时，上绘画

课时交的作业，曾用一条直线加半个圆圈来表现李白“半壁出海日”的诗句。可老师绝不会想到，这个学生多年后在中国地图上摆布的线条，是一幅幅何等宏伟的图画。

前些天，我在大学生创意集市看见一套渣头碗的茶具。用渣头碗形式来设计茶具，把“碗”变成了“杯”，其实，碗和杯都是容器，一个或大或小的圆，只另加了把“壶”，均为青花书法的画面，绝对是个不俗的创意。但是，我从高白釉胎上却找不到“拙”的味道，自然品不出岁月的沧桑，茶之味自然淡了许多。渣头碗也称渣胎碗，釉胎的古拙是一种风格，一种生活态度，也是一种时尚；古朴高雅，大拙至美，那是因为弥漫着民间的泥土芳香。蓦然，我想起景德古镇上的一句歇后语“渣头碗镶金边”。

“炊屋烧香饭，薰辛不入家”，“密宇深房小火炉，饭香鱼熟近中厨”。记不住曾有人言，能知足于粗茶淡饭，是一种心境，言道“淡泊明志”诸语，大概如此；能明白于粗饭淡茶，是一种健康，沿习“觥筹交错”遗风，大可不必。其实，人活于世，活的就是心境与健康。很喜欢不久前读过的一篇短文，记得叫《有一种境界叫开水白菜》，但不是谁都能品出淡中的真味，“甘苦常从极处回，咸酸未必是盐

梅”。君不见，“南宋四大家”之一杨万里诗曰：“不是老夫朝不食，半山绝句当朝餐”，是呵，生活不止有眼前的“渣头碗”，还有与瓷对话、与世界对话，还有诗和远方……

人生若瓷

“把一块泥，捏一个你，塑一个我。将咱两个，一齐打破，用水调和。再捏一个你，塑一个我。我泥中有你，你泥中有我。”岁末，品读管道升的元曲《我侬词》，方知这位元代江南大才子赵孟頫的夫人竟有如此才华，将一对情人比喻作一团泥竟如此婉转、生动而传神。词后的故事，更是感动了数百年的光阴，也温暖了这个寒冷冬夜，温暖了不远处新一年的门槛……

都说，人类对泥土的情感与生俱来。在中国的神话传说中，“女娲抟黄土作人”。在西方的传说中，《圣经》云“神用地上的尘土造人，将生气吹在他的鼻孔里，他就成了有灵的活人，名叫亚当。”

东西方的传说均言：泥土，是人类生命之源。

人从泥土中来，不任你走多远、爬多高，最终都要像树叶般飘向泥土，成为泥土的一部分，这就是生命的轮回。而古镇用一团白泥，可以固定一个灿烂明媚的日子，凝固一个优美洒脱的姿势，成为永恒。于是，许多人怀揣梦想，跨越千山万

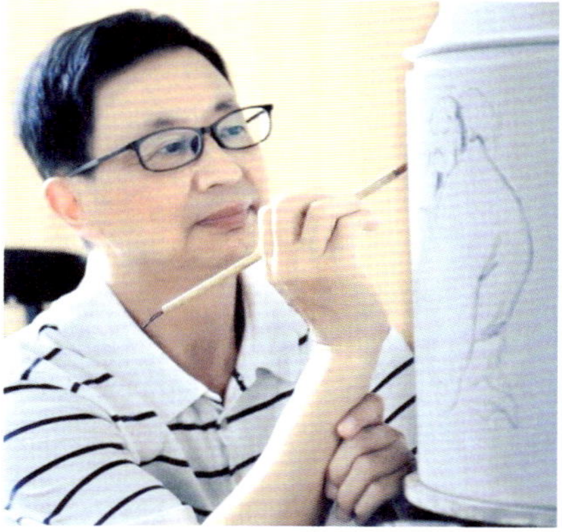

水，却没能跨过昌江；于是，降下风帆，拒绝了大海的诱惑，一起捏泥，一起捏古镇的时光，一起揉捏《我侬词》的意境。

人生若瓷。

一团泥土，那是一种童年的味道。有人说，任何一条通向景德古镇的路，都是一条回归童年的路；又有人说，儿时的味道，是一生的导航。在古镇，在一团泥中，人们又找到了儿时的快乐，回到那个童话的世界。无论你是五尺微童、青涩时节还是龙眉皓发，那颗被钢筋混凝土封闭了多少年的童心，在接触白泥的一刹那间，被唤醒复苏，在自然中鲜活的跳跃着，你会惊奇发现从白泥里长出许多童话，并在手中凝固定型。

我以为，人生，俨然是一次由泥变坯成瓷的过程。白泥成瓷，是人与泥土亲和及心性沟通的过程。在古镇，淘泥、和泥、拉坯、印坯、成型、施釉、烧窑……每一个程序伴随着瓷人心灵的韵律，倾注人对泥质的理解和对生活的热爱。正如美学大师宗白华所言："线形之美，有情感与人格的表现。"当人们将昌江水与情感倾入洁白无瑕的高岭土，白泥便拥有了灵动而奇特的生命；白泥的变化与呈现的状态，无一不反映的是瓷工的生命状态、生命的表情、对生活与未来的渴望，每个瓷器“所体现的人的那份率意、松弛，那份发自内心的淡漠，平静生活所沉淀下来的精巧”，都是瓷工生命乐章中的一个音符，也是《中国陶瓷史》中的一个细节。

岁月悠悠，古镇瓷器以“白如玉”独步天下，这也是这座小镇生命的原色。在古镇的大学生群体中，时下流行崇尚自然，崇尚生命的原色。他们的陶瓷作品去掉了浮华，减去了装饰，更多呈现简朴，这是一种回归，是途经生命的留白。他们说，五彩缤纷的颜色，那充塞了人诸多的欲望，青春更接近陶瓷生命的原色。我想起泰戈尔曾说，“不要试图去填满生命的空白，因为，音乐就来自那空白深处。”每个人出生下来，天真无邪，“人之初，性本善”，然而，当人浸淫于社会之中，难免沾染上各种色彩。瓷坯喷上一层釉，经过一千三百度窑火后，可以抵御岁月污垢的侵袭。

而人呢？我的莘莘学子呢？古镇愿你保护好生命的原色，千帆阅尽，归来仍是少年。

古镇制瓷，其实，是在天地间做一种减法。辘辘车日以继夜的转动着，转走了几多春秋、几多冬夏。一块块泥坯经历利坯、修边、挖底……去掉臃肿多余和可有可无的东西，留下简洁，赢得精华。“删繁就简三秋树”是郑板桥作画时的感悟，“竭力将可有可无的字、句、段删掉毫不可惜”则是鲁迅写作的秘诀。人生何尝不是如此呢？适时放下，懂得取舍，方为智者。王阳明在《传习录》中说：“减得一分人欲，便是复得一分天理。”古镇，让多少人读懂了人生，一步步减去心中的杂念、人间的纷繁，只留下心中那块山水，那一片宁静，那一份从容，从此，回眸一笑，行走于诗与远方。

窑变，与其说是古镇一种工艺，对人们倒不如说是一种诱惑，一种挑战。“入窑一色，出窑万彩”，弹动人们心灵深处那根柔软的心弦。其实，人的一生都在生活的激流中搏击，“月夜望星空，晖晕自然成”，敢于迎接挑战，是为了遇见一个更好的自己。而罗曼·罗兰曾说，“一棵树不会太关心它结的果实，它只是在它生命汁液的欢乐流溢中自然生长，而只要它的种子是好的，它的根扎在沃土中，它必将结好的果实。”许多人制瓷只为享受着创作的“鸟语花香”，在古镇感受“清风朗月”的人生旅途。

开窑，是人生的一种等待。“天青色等烟雨，而我在等

你。”熬红了多少个深夜的灯光，白泥在你手中捏成一份轻盈，绘就一幅心中的山水，涂抹一层梦中的颜色。于是，你是一位丈夫，蹲在产房门口的墙角等待。等待婴儿的那一声啼哭，等待护士将紧闭的门打开……其实，人生就是红尘中一次又一次品尝等待的滋味。勾践“卧薪尝胆”，等待“三千越甲终吞吴”；诸葛亮南阳躬耕，等待伯乐；戴望舒徘徊雨巷，等待丁香……期望，无奈，焦灼。人的一生，有许多时光是在一颗心悬着中度过。

“理想很丰满，现实很骨感。”生活，总是考验生命的坚强与慧眼的发现。古镇制瓷中，窑位的安放，窑温的变幻莫测，釉料的把握等诸多因素，决定出窑瓷器的完美或者可能是次品，这如同险象环生的人生。生活中有太多的挫折、痛苦、困窘……蹲在下一个路口等你；你是退却还是“与狼共舞”，弱者、强者、智者，由你选择。据传，宋时烧制一种“香熏炉”，由于窑温过高，瓷釉流泻将熏炉的空眼填平了。瓷工面对失败，却从被釉填平的孔眼中，发现其斑斓透明，晶莹剔透，玲珑瓷由此启迪而生。有时，上帝关上一扇门，亦会打开一扇窗，人生往往如此。

“子在川上曰：逝者如斯夫，不舍昼夜。”站在岁月的门槛上，人们在问，时间到哪里去了？哦，光阴，是古镇另一条川流不息的昌江河。只是流的不是江水，而是我们的生命，2019 年又即将渐渐流去。当人们在人世间挺过了艰难，克服了困苦，赢得了许多许多，却最终输给了时间。夜深了，当我面对一块“海捞瓷”的青花瓷盘，面对的是海水浸泡的千年，不禁沉思良久……想起有人说，《倾城之恋》里的白流苏禁不起老。其实，我们都禁不起老，而陶瓷却禁得起，古镇却禁得起，一团白泥留住了景德千年时光。

呵，何为陶瓷？何为人生？只有你能告诉我，我的古镇，我的景德！

“认识你自己。”这是刻在希腊德尔斐的阿波罗神殿内的一句箴言，苏格拉底将这句箴言定为哲学的任务。尼采则说“我们的永恒判词是：离每个人最远的，就是他自己”。我们在物欲和钢筋的城堡中呆得太久，以致忘记我是谁？我来自哪里？为什么出发？当我们清点拥有的财富，却唯独找不到了自己。

今天，越来越多的人不是栖居古镇，就是在来景德的路上，奔向一个全新的“国家陶瓷文化传承创新试验区”。是来古镇淘金吗？是的！瓷器曾被誉为“白色的金子”，可是比金子更珍贵的，那就是人们在白泥中寻找到了——自己。一个为梦想而癫狂的自己！古镇。陶瓷。一条漫漫回家路……

哦，人生若瓷。瓷若人生！

写于 2019 年 12 月 8 日冬夜

“陶江川”之梦

“陶舍重重倚岸开，舟帆日日蔽江来。”初春，我站在昌江边宽阔的码头上，放眼望去，蓝天、白云、碧水，好一派寥廓江天！

码头边，一杆旗帜迎风而立，蓝底白字“昌南码头”，格外醒目，直插苍穹。这里曾是旧时古镇四大码头之一，人称刘家码头。

我们随游人顺着窑砖砌筑的台阶，拾级而下，来到江边。沙滩上，古铜色的五个纤夫塑像，宛若一支支待发的箭，随时准备射向远方，裸露着力量之美。在他们的身后，江边静静停泊着几艘木船，有的已装满裹着稻草的陶瓷，有的装着待卸的瓷土、松柴，一片繁忙，“贾船带雨泊乌篷”，如梦回当年。

昌江，是古镇的母亲河。养育了世世代代的陶人瓷工，养育了古镇，养育了古老的陶瓷文明。昌江，联结着大海，是丝绸之路的一个起点，是蓝色海洋文明的一个渡口，古镇从这里通江达海，走向山外更远的地方……昔日码头上，谁在说“贾妇江头频引望，征人舟楫几时回。”

蓦然，我发现不远处的江面上，一叶轻舟，随波起伏，舟上是古装打扮的三位书生。尽管此刻不是月夜，少了些诗意，仍感到自己在穿越时空，“啊，这是苏东坡，黄庭坚和佛印，三大文豪，月下泛舟昌江！”我不禁脱口而出，引来四周不少游人驻足回头……

“景德镇，从来是一座开放的城市，是一座没有城墙的古镇。所以，我们陶江川也没有围墙，陶江川的‘江’就源于昌江，各位现在看到的‘昌江秀色’，只是陶江川的一部分。”陪同的副总苏卉，是一位典型的江南美女，青花旗袍衬托出娇娆身材，仿佛刚从戴望舒的雨巷中走出，只是才放下那把油纸伞。

“下面将是我们的‘小巷风情’部分。请各位过天桥，注意台阶！”苏总婉然一笑，如阳光下春花一簇。

一座具有江南特色的木质风雨廊桥，横跨车流的马路，恰到好处将人性温馨与悠悠古意表达。我们拾级而上，走到廊桥中段，在两旁的美女靠上歇息片刻，享受眼前的惬意。此刻我想，生命是春光中的一树花开，是昌江上天高碧水流，也可以是眼前的古意迷离。只见汽车一辆辆在桥下驰过，我眼中却变成一位白发老者赶着马车缓缓而行……从前时光很慢，思念很长，我想起曾坐着古老的马车，伴随着教堂的钟声，辗过美国费城麻石铺就的街道。

我曾固执地认为，如果北上广是今天中国的大街，那景德古镇则是中国储存在宋词中的小巷，这里刻着国人深深的乡愁与眷恋。很多时候，小巷的春雨里，安顿着多少人疲惫抑或沧桑的灵魂。思绪中，已走进赫赫有名的刘家弄。

刘家弄，由上弄与下弄组成，曾是古镇最长最热闹的一条里弄。“食指万家烟，中外贾客薮”，这里历来是瓷业生产中心，坯房、柴窑、槎窑遍布，它的历史验证了清代乾隆与康熙年间古镇“千窑升火、万匠制瓷、商贾盈市、舳舻蔽江”的繁荣景象。刘家弄的作坊群和吊脚楼遗址，历史悠久，为宋代至民国年间的陶瓷文化遗存。它由窑砖麻石和窑渣等砌成，分为正间、厫间和泥房三座单体建筑，呈庭院式布局，是瓷业成型的专用建筑。

我们走进刘家下弄的 61 号和 63 号。这里较完整地保存了“一舍三间”的格局，具有鲜明的地方特色，布局完整，

内部构架较为完好，是古镇尚存为数不多的作坊群，不愧是“陶江川”的一大人文景观，可以称之为古镇民间陶瓷文化的活化石。

“景德镇民窑遗址博物馆”，如一座方型的窑炉，矗立在昌江南岸，它是在刘家弄吊脚楼民窑遗址上修建的。我们登上一级级台阶，只见馆门挂着铜牌：“北京大学考古文博学院陶瓷考古教学基地”。馆内陈列着珍贵的实物与照片，详细介绍了作坊群和该民窑遗址，与御窑厂官窑遗址相得益彰，共同见证了古镇陶瓷文化的千年历史。

舟帆林立的昌江。窑砖古朴的小巷。“陶舍”是下一个精彩。果然，苏总引导我们走进的是陶江川室内部分——“陶舍时光”。其实，镇上人都知道，这是现代十大瓷厂中的“红旗”、“光明”及“红光”瓷厂的旧厂房改造而成。在计划经济年代，它们生产的青花玲珑和青花日用瓷，远销世界，曾为国家作出过重大贡献，赢得了荣誉。

曾几何时，昔日辉煌不再，空旷的厂房已没有了机器的轰鸣，耸立的烟囱，深浅不一的窑砖墙，隧道窑里空空如也，高大的烟囱像一支话筒，正顽强诉说着曾经……这是一段时光留下的胎记。而现已融为一体，走进春天的“陶舍时光”。

“这是世界陶瓷文化展区，每月一个国家，现在是意大利陶瓷文化月，你看日程表已安排到明年底了。隔壁 B 栋是国内各大产瓷区展区，也已排满……”、“这是院校展区，展示的是中央美院、中国美院、西安美院等，当然更是景德镇陶瓷大学的主会场，展示的都是当今陶瓷美术的前沿作品……”

这不是王锡良、张松茂、周国桢……吗？一个个栩栩如生的蜡像。我抬头只见“景德镇名人工匠博物馆”，里面陈

列着他们的经典之作，也陈列着他们的人生轨迹，陈列着古镇陶人瓷工的传奇。

一个偌大的世界地图布满一块墙壁。从地图上许多国家与地区，从中国的各个省拉出一条条线，密密麻麻，但都指向一个目标——景德镇，这是“景漂”展区。古镇，每年有来自国内外的艺术家三万多人，其中来自美英澳等国外艺术家近千人。当我走进展区，几位外国艺术家挥挥手，热情地和我们打招呼。我想，景德镇已成为世界艺术之都，这里就是世界陶瓷艺术的画廊。

苏总陪我们走过一幢又一幢厂房，游人如潮。曾经的旧厂房，却让我们如刘姥姥走进了大观园，一个个展厅、画室、工作室，这是一个艺术的世界、创业的天堂。而穿插其中有许许多多的咖啡厅、茶座、特色小吃屋、书屋……令人目不暇接，闲适而温馨，让人感到生活在古镇的美好与充盈。我们惊叹思路创新的魔力，敬佩策划者的世界眼光。

“我们到茶座歇会，喝杯茶。”苏总将大家引进一个中式典雅的茶座。一张张小方桌，品茶者多为年轻男女，像刚从陶艺创作室走出，只见他们窃窃私语，多为在交流创作；有的则看绿叶沉浮，守一方静谧悠闲。

“这是青春展区。夜晚灯光将呈现出一组组青春勃发的群像。也是陶江川最具魅力的卖场，他们的作品已成为一大亮点……”当我们步入厂房，突然，我听见一串熟悉的音符从天而落，高昂，深情。呵，这是没有国界的 YOU RAISE ME UP！

这时，一个戴眼镜的小伙走到展区中央的开阔地，引吭高歌，一个、二个、三个……只见越来越多年轻人走上前齐声唱响：“你激励了我，故我能立足于群山之巅，你鼓舞了我，故我能行进于暴风雨的海洋，在你坚实的臂膀上，我变得坚韧强壮。你的鼓励，使我超越了自我……”呵，不少游客也不约而同加入合唱的人群。没有指挥，没有排练，却令人心潮澎湃，激动不已！这时候，我相信真的有一首歌，能鼓舞着你！真的有一样东西，让你重拾信心，继续朝着自己的梦想，义无反顾，砥砺前行。瞬间，面前的老厂房变成一片活力的海洋！这就是走进新时代的古镇，充满自信的景德，世界都在倾听他的声音，“故我能立足于群山之巅”！

陶江川学堂，整块的原木，刻着五个绿色大字，是王锡良大师所书。在苏总的引导下，走进阶梯型的学堂。一色原木，自然古拙。

“我们学堂已邀请了不少国内外的一流专家学者和艺术大家来讲座，使陶江川始终跟随世界主流艺术前进的脚步，同时，我们举办了唐诗宋词读书会，很受年轻人的欢迎，一票难求，其实艺术的基础与最高境界就是文化，中华文化博大精深，这个投资是值得的。”我们坐在阶梯的座位上，此刻，苏总俨然是位主讲人。

“另外，我们有一个精英讲坛，面向国内外，正在邀请马云、马化腾等；我们还有一个创业擂台，每月一次，评选出陶江川的最佳创业明星，上台讲课，大江奔流，方显英雄本色……”苏总如数家珍，珍珠颗颗落玉盘，清脆有声。后来才知这一块由苏总分管。她不只是雨巷中走出的丁香。

“这是F栋，也称景德镇十大瓷厂博物馆……”

“我们有昌江，连着世界；我们有小巷，那是古镇的根；别人有的，我们努力更有创意！让年轻人有舞台，让创业者有未来，让古镇故事融入这个新时代，这就是与世界对话的陶江川。陶江川是属于世界的，所以，大家常说，我们是在为世界打工，为人类文明管理好这份珍贵的遗产。这是H栋……”苏总在引路中不停地为大家讲解，侃侃而谈，像一部大剧的话外音，听得出磁性的声音中充满自豪。

滴滴！嗒嗒！怎么有滴水声？哦，下雨啦！难道我是在做梦！揉揉了双眼，“梦醒方床夜四更，纸窗残月弄微明”，还真是一场梦。

“夜阑卧听风吹雨，铁马冰河入梦来”，我当了一回陆游，梦中一游，只憾意犹未尽，却感慨万千：“梦醒人间看微雨，江山还似旧温柔”。有人说，伊人入梦，梦醒而不知所往，心若有情，情动该如何安放？梦游陶江川，不愿醒来。

都说，心有多大，舞台就有多大，梦想就有多远，我们就能走多远。在这喧嚣的凡尘中，我们需要有适合自己的地方，用来安放躁动的灵魂，为了将来起程不再迷惘。我想，在古镇，也许是一条藏着岁月的小巷，也许是缓缓流着时光的昌江，也许是凤凰涅槃浴火重生的旧厂房，这无疑是古镇人梦中没有城墙的陶江川。不需要等待天明时才开城门，我们可以随时出发。

哦，有奋斗才有希望！有梦才有远方……

写于 2018 年 3 月 13 日深夜

“三间庙”古码头，谁是古镇的千年之约？

“我守望在景德古老的大门，守望着‘舟帆夜夜蔽江来’，那是全世界靠岸的脚步；我守望千年西行的归人，‘器往天下走’，新的时代，我们相约何处？”盛夏之夜，江风习习，昌江西去，西去的还有我滚烫的诗句……古镇，谁是你的千年之约？

年轻时，读过唐代诗人戴叔伦的《过三间庙》，“沅湘流不尽，屈子怨何深，日暮秋风起，萧萧枫树林”，当然不是写

昌南的。这是诗人经过湖南汨罗县境内的三闾庙所作，今天读来仍使人不胜惆怅。古镇昌南，地处“吴头楚尾”，吴、楚风俗渗透交融，汉唐间至五代时，在昌江西岸，西河与昌江交汇处，也建起了一座奉祀春秋时楚国三闾大夫屈原的庙宇三闾庙。由于地处江边，依山傍水，是古镇与饶州府九江及安徽等地的水陆要道，交通方便。早在晚唐，有安徽、四川、河南等地人迁来居住，后来，在此居住的人越来越多，渐渐形成了一个不小的村落，遂以庙为地名，宋时开始称之为三闾庙村，江边的码头也称之为三闾庙码头。

然而，这一切仅仅只是序曲……

“昌水风樯阵阵过，名瓷畅销五洲多。”有一天，大幕徐徐拉开，背景是那一片蔚蓝的大海，堤岸上是送行的父老乡亲。古镇，从这里扬帆起航，目的地是没人知晓的千山万水之外，是地球另一头的大洋彼岸……三闾庙古码头，一跃成为古代东方水上“丝瓷之路”的起点。

多少年后，还有人站在三闾庙码头寻思，为什么来自于大山里的母亲河——昌江，有山一般的意志，却还有着宽阔的胸怀？她在三闾庙南侧，纳南河水，折向西南，流入鄱阳境内，与乐安河汇合为饶河，再汇入鄱阳湖，奔向万里长江出海……经越南东海岸，在马来半岛南端过海峡，西北达斯里兰卡和印度，然后由印度西达波斯湾到红海，到阿拉伯半岛，到东非、北非，进而达欧洲大陆。古镇的陶瓷承载着中国文化和东方文明，通过这条水上之路，远涉重洋。从此，景德镇瓷器从宋代开始，作为中国主要的外销商品，与茶叶、丝绸、漆器等一起，成为亚洲和欧美大陆上流社会的奢侈品，身份高贵的象征。从古镇走出的宋代青白瓷，元代青花瓷与釉里红瓷，深受东南亚各国贵族家庭的欢迎，至今珍藏在许多国家的博物馆显著位置。明朝晚期和清代康熙、雍正、乾隆太平盛世时期，景德镇瓷器风靡世界，外销迎来一次又一次高峰。景德镇陶瓷生产因此进入鼎盛时期，美国诗人郎菲罗惊讶写下“俯看全境如焚火，三千炉灶一齐熏”的诗句。“三闾庙古码头”，待发的陶瓷堆集如山。昌江水面，帆樯林立，舳舻相接，船只穿梭……

哦，古镇的陶瓷，“你是带着三闾庙的钥匙西行，一路上撞击着心房如鼓；摇落了西域多少沉睡的月牙，大漠中驼铃叮当，催动前行的脚步；掀起大洋里万顷波涛，即便沉睡海底千年，浮出水面，依然少年如初；你从来就是古镇上捏泥拉坯的高手，将昌江拉成横跨欧亚的水路，将小巷捏成了蜿蜒崇山峻岭的西行通途……”

走进三闾庙古街，如同走进一段时光的隧道，一股清凉扑面而来。那是青石板的沧桑，那是古民居时光的悠长，那是昌江江面上的风穿过古码头，溜进了百年古街……其实，当年溜进来不仅仅是昌江的风，还有一双双窥视东方文明的眼睛。明代正德初年，日本僧人庵桂悟悄然上岸，后面跟随着五良太浦；清代康熙年间，法国传教士昂特雷科莱也来了……他们传教讲经，出入坯房，其实，他们并非白求恩，

不远万里来到古镇。他们负有更重要的“使命”，三年五载之后，终于如愿以偿，使东瀛和西方陶瓷生产得到了古镇陶瓷制作的奥秘，与景德镇陶瓷有了竞争的可能，同时，也让世界第一次聆听到东方古国的传奇。

古镇，天生包容大度，是一座不设防的城市。只有群山怀抱，没有城门。而今天，我站在三闾庙渡口，正街入口处，背后是窑砖砌成的拱形门坊，上有石块雕刻着“三闾古栅”四个大字，这不就是古镇古老的大门吗？只是从来没有关过。虽然门额落款写着“光绪三十四年”，但我知道是重修的铭记，最早建成的时间要长过了许多光阴……

当年，码头的地理优势，吸引着从浮梁、万年、余干、鄱阳等周边地区运来的稻谷、小麦、芝麻、大豆、食油等农产品在这里交易，销往四方，三闾庙村一跃成为远近闻名的粮食集散地。还有大量从外地运来的窑柴瓷土与釉料等陶瓷急需的物资，源源不断，不分昼夜。一时，登船下舟来往的人群，川流不息，小村落热闹非凡。

于是，粮行、米店、药店、杂货店、豆腐店、饭店、竹木行如村边春雨后的竹林，春笋纷纷破土而出。于是，在明清时期，小村迅速成为古镇一个商贾云集、贸易繁荣的商业中心。明代嘉靖年间，村里形成了一条八十多米长以青砖为路面的街道，被称为明街；清代，又修筑了一条长两百多米宽两米的青石板路，被称为清街，逐渐扩大了村的格局，出现了刘家弄、窑墩上、凤凰岭、杨家弄、进村弄等地名，保留至今。为纪念屈原建起了三闾大夫庙，成为了街北9号，寓意着永久的纪念。

而今夜，淡淡的月色，照着寂静的码头，麻石条铺就的一条沧桑斜坡，缓缓地向上延伸，石条上留着一道道深沟，那是当年千百辆独轮车辗过岁月，为今天留下的怀念。“今人不见古时月，今月曾经照古人”，遥想当年，古镇人推着独轮车，将一梱捆瓷器运上已经升起风帆的船上，将古镇推向大洋彼岸；又用独轮车将船上卸下的窑柴，顺着陡峭的斜坡，艰难推进窑炉，推得夜夜“窑火通明两岸红”，汗水在背脊上形成道道小溪，汇入昌江碧波万顷，弄得江水一年又一年涨潮，爬上岸堤，吻过窑砖的拱门和木板的民居，冲刷着蜿蜒街巷的尘埃，等待下一个岁月千年。

此刻，我站在三闾庙古码头上，面对星光璀璨的浩瀚夜空、流淌的江水和两岸的灯火闪烁……我忽然觉得，这个世界就是一根链条，昌江与无数个“昌江”连在一起，这个世界就会畅通而美好。当年在中国瓷器输入之前，欧亚不少地方使用竹木质或植物叶子作为食具，只有上层社会才能使用昂贵的金、锡制造的饮食器皿，中国瓷器的出现改善了普通人家的饮食生活。所以，古镇输出的不是一块瓷碗或瓷碟，而是文明之光，它让人类每个角落都走出愚昧的阴影，一起共享文明的美好，赢得共同的繁荣，那么，这不正是当今中国倡导的“一带一路”的初衷，一个负责任的大国情怀吗？

呵，我的古镇，我的景德，新的时代，谁是你的千年之

约？是埃及的福斯塔特遗址还是十八世纪的英国乡村，是东非大地一个个王国都城还是清真寺的密哈布，是法国王路易的凡尔赛宫内的托里阿诺瓷器宫还是德奥意和西班牙令人目不暇接的瓷器陈列室……岁月告诉我，每一块瓷片都是一颗种子，东方文明的绿荫已蔓延世界的每一个角落，“一带一路”，铺开共同发展的坦途，这是中国梦，也是人类之福。

“月上柳梢头，人约黄昏后。”“携杖来追柳外凉，画桥南畔倚胡床。月明船笛参差起，风定池莲自在香。”夏夜，一群群村民携着竹椅、竹床和小凳，走出明街、清街，鱼贯地来到昌江边，在码头上围坐一团，纳凉夜话开场，顿时，天南地北，说古道今，家长里短，拉开了话匣；一把把蒲扇

摇曳，那凉飕飕的风来自江面，也仿佛来自远古的遥远……

“呵，昌江南流，缓缓南流去，三间庙码头已守望成一位沧桑老人；岁月如刀，西行的千沟万壑，刻就了眉宇间的地图，怕你在风雪中迷失归途；时光婆娑，凝固成青石板和窑砖头，那是老年斑凹凹凸凸，是为了接你靠岸登陆；我不知道丝瓷之路有多少个起点，但有一头在古镇手中，昌江潮汐牵动欧亚大陆；三间庙古码头，谁是古镇新的千年之约；守望是一种牵挂，携手是一种财富！”

夜色里，一句句滚烫的诗按捺不住，从我心中溢出，随着清凉的风飘得很远，很远……

写于 2018 年 7 月 25 日子夜

冬夜 你在书香古镇的哪盏灯下

（一）

寒冷冬夜。读书取暖，不知什么时候成为了古镇许多人的一种生活方式。“书卷多情似故人，晨昏忧乐每相亲”。我随人流走进龙珠阁旁一条幽深的小巷。

都说，这条小巷的光阴永远停留在四月。是因为有一个名为“四月天学堂”，经常举办读书、陶瓷、书法、绘画等传统文化的雅集讲座。这三九寒天的冬夜，那一盏灯光照亮小巷，也照亮了多少古镇人回家的路。“大隐隐于市”，学堂隐于古陶瓷文化的核心区域。抬头可见古镇的城徽——龙珠阁，一箭之遥就是驰名中外的御窑遗址。仰俯之间，皆为文化，走近这里，无法不浸淫于书香之中。

“恋月每忘寒夜永，寄梅浑讶驿书香”。学堂设在一幢民居的一二层，装饰得颇有雅致的品味。令人称道对面是一座古老的徽派建筑，斑驳的墙上岁月留下的屋漏痕，给周边增添了几分荒残美和古意。当我推开学堂的门，就变换了季节，一步走进了“四月”，一股暖气扑面而来。学堂早已是人头涌动，大多是青春的面孔，应该是来自陶瓷等院校的学生，也有不少忙里偷闲的中年，当然，还有几位和我一样，“黑发不知勤学早，白首方悔读书迟”，如今只好“白头学童，六十起步”，进了门也青春起来。刚坐下，清秀的学堂主人之一“青月”，婀娜而至，笑盈盈的她递上一杯热气腾腾的红茶。“文化是一座城市的体温”，蓦然，我想起是谁说过这句经典台词。

（二）

走出幽深的小巷，我陶醉于进坑的田园风光，信步千年瓷石古道，端详古窑址、古矿坑、古水碓等保存完好的景德镇宋代制瓷业的原始风貌。“文化是一个民族的根，我们就是要留住古镇的根”，东郊学堂女主人一席话，牵动我走进又一所学堂。

进坑，浮梁县湘湖镇的一个小村庄，距古镇市区八公里。群山环抱、清溪掩映、山清水秀。蒋祈的《陶记》记载：“进坑石泥，制之精巧，湖坑岭背界之所产已归次矣。”景德镇成名于宋，而得名于青白瓷。进坑作为宋代最优质瓷石的出产地，千百年来，被人称为“青白瓷的故里”、“瓷都摇篮”。没曾想到，村庄里的一座小平房却是小有名气的“东郊学堂”，其主人之一是位端庄女子，学堂“忙时种田，闲时考古”，令人称道的是一年中就成功举办了十三期陶瓷文化沙龙活动，邀请了英国古陶瓷学界泰斗、维多利亚阿尔伯特博物馆前东方部主任柯玫瑰、著名陶瓷学者香港中文大学文物馆前馆长林业强等众多国内外著名陶瓷学者前来讲学交流。东郊学堂作为民办非盈利性学术机构，却成为一个国际陶瓷文化交流的舞台。当越来越多的老外成为村里的常客，学堂则成为越来越多游客眼中陶瓷文化的风景。

（三）

“我们是想复兴古镇的文化遗产，延续历史的文脉。文化需要传承，就像这山脉绵延不断，即使在平原丘陵地区，也是一种低调的延续。”一个冬日，我攀登在南山“十八匝”陡峭山道上，陪同的是位“长芗书院文化研究会”的组织者，边登山边交谈，神情自若，如步坦途，而我早已气喘吁吁，只有当听众的份了。

巍巍南山，位于古镇东南，绵延数十公里，是黄山的余脉，更是陶瓷文化的主

要发源地，山脚下有湖田、三宝、银坑、陈湾等众多陶瓷原料产地或窑口。“落木萧萧古寺秋，翠屏如画雨实收，堂基千载书香在，谁为机云记旧游。”位于南山中段的禅师山，山势高峻，有“十八匝”之称，据说是古镇的文脉所在。高山之上却常常传于朗朗读书声，原来这里有一所长芗书院。书院系南宋庆元三年（1197 年）由景德镇监镇李齐愈仿照白鹿洞书院制度创建，至今已有八百多年的历史，是宋元时期江南地区有较大影响的书院之一，后几经周折而废。数年前，一群志同道合的中青年人成立了“长芗书院文化研究会”，着手在书院旧址上再现宋元时期长芗书院的格局，建设以景德镇地方文化为特色的书库，开展经典诵读、国学讲坛、启蒙课堂、成人礼等公益活动，开展古镇传统文化论坛、沙龙、笔会、雅集、陶瓷文化研究等活动。

当我站在高山之上的书院门前，一览众山小，遥望群山绵延，感慨油然而生，这书院不愧为文化“高地”呀。

（四）

鹤发童颜，皱纹里刻着一部古镇的陶瓷史。授课者乃首席中国工艺美术大师王锡良，已是近百岁的老人。偌大的课堂实在无法盛下听课者的热情，走廊过道也人满为患，像春运一票难求，我好不容易才挤到预订的位子，背脊上印满了羡慕的目光。

这是“陶瓷文化百家讲坛”举办的讲座之一，组织者是位长篇小说《最后的官窑》的作者。讲坛已邀请了景德镇及全国数十位陶瓷大家讲课，成为所在地陶溪川的一道亮点。王老从写生谈向大自然学习，从学画到做人，侃侃而谈，“我就是一个普通的手艺人……”近百岁老人的睿智与谦和感动着每一个听众，两个小时的讲课，老人慈祥的双眼闪烁着智慧的光芒。此刻，我以为，王老胸中满满的陶瓷文化是他从容魅力的底蕴，那挥手之间不仅是线条的力度，而是这座城市文化的自信，更是我们这座千年古镇文化的力量！

（五）

在古镇，文化是一件青花瓷瓶、一座柴窑、一条小巷……而一位来自东北的退休工程师却说，“我认识这座城市，是从小巷里的坯房开始的……”他儿子是一名“景漂”，他和老伴也随之漂到了古镇，成为我老年大学的同窗。他闲时常穿行于幽静的小巷，听自己的脚步与心跳，喜欢钻进留存的坯房，看从揉泥、制坯到成瓷的过程。他兴致勃勃地谈坯房结构的合理，自然风和阳光利用到极致。我只好搜肠刮肚与他对话，告诉他坯房是古镇独有的文化，坯房的营造风格，最为鲜明地代表着中国手工工场建筑独特的艺术体系，历经千百年的完善，简约却不简单。他不无感慨地赞叹，昌江水养育了众多的智者。

是呵，文化还可以是古镇那古朴的坯房。我想，老年大学也是一座坯房，用知识用快乐，揉捏着一个个不老的

灵魂；更是一所当代全新的学堂、书院。我们在老去的年华里，回到课桌前，耕耘人生秋后，一起唱歌、舞蹈、书法、写作、画瓷……那是夕阳下最美的风景。我以为，只有知识为青春保鲜，才能抵挡岁月的风沙，文化的魅力才是我们这座千年古镇最灿烂的笑容。去年是景德镇老年大学建校三十周年，国际老年大学协会主席发来贺信，中国老年大学校长亲临祝贺，一个市级老年大学能获全国先进老年大学等诸多的荣誉，校长杨启村曾受到习近平总书记的接见，彰显了我们党和社会对文化的尊重和褒奖。

（六）

“广学开书院，崇儒引席珍。”古镇浸淫书香千年，宋元明清时期有记载的学堂或学堂性质的会馆就达四十处。而今，在幽静的小巷深处、偏僻的村庄里、巍峨的高山上、废旧的大工业厂房中……还有宽敞的老年大学课堂，一个个星罗棋布的“学堂”正在兴起，“办学”已经成为古镇一种文化现象。昨天的“历史文化名城”正在传承，古镇大写着“书香景德，文化昌南”。记得有人问我，为什么冬来大雁不南飞，暑到候鸟不北去，这块土地有什么磁力，吸引国内外数万艺术家，泊在景德，成为“景漂”。为什么一个手工艺传承千年而不中断？一个产业使一座古镇千年不衰？我以为“最是书香能致远”，文化才有如此魅力；一代代的陶人瓷工把人生的梦、岁月的沧桑、民族的精神，揉捏成独特的陶瓷文化，铸就了古镇千年辉煌，成为支撑这座城市千年的骨骼。今天，文化的底蕴与传承，古镇才如此自信与从容，这座城市将有更加灿烂的明天。

又一滴水成冰的冬夜。我又走进“四月天学堂”的小巷，沉浸书香，浅酌香茗，享受温馨的文化氛围。我想，这个世界一片喧嚣，是古镇自己找回一块宁静，安放一张书桌，重新品味生活的内涵，为灵魂寻找一间暖暖的居所，安排好明天的行程，天亮时又一次出发……

“今夜，讲座的主题是《古镇的里弄文化》。授课老师白光华，中国古陶瓷研究会会员、我市文博副研究馆员。”哦，讲座又开讲了！古镇景德，一个偌大的课堂，那一盏盏灯光闪烁，灿若繁星。今夜，你读书在哪盏灯下？

写于 2018 年 1 月 20 日大寒深夜

长河落日

“开窑啰！”

随着一声震撼人心的呐喊，一尊尊、一件件血红的颜色釉瓷瓶，如同长河落日，渐渐时潜入大海，或者远山，或者遥远而广阔的地平线，将窑工、窑炉、窑房映得血红、血红，昌江江水、珠山山峦因此而血红、血红！古镇的天空也因此而壮美辽阔，这是一次何等辉煌、庄严而壮美的盛典。那是千年的窑火，穿过长夜的巷道，在沉寂前的又一次熊熊燃

烧；那是过往颁给古镇的荣誉勋章，足够温暖岁月的守候。

窑前，最忐忑不安的莫过于来自皖西六安的余自乐。年近花甲，阳光西下，他从大别山中一路走来，脚步匆匆，向南向南，停留在昌江之南，停留在江南古镇，这也许是他心中的“桃花源”。

“归去来兮，田园将芜，胡不归！”是谁在呼唤？声声急！陶渊明在深入地体验过生命哲学以后，从自己的院子里跳出来，跳到了桃花源。有人说，中国历史是在拐入雅致的宋代，大家才重新认识陶翁，而景德镇恰好是宋时命名，而最诚挚发现的是苏东坡，曾月夜泛古镇的昌江。余自乐喃喃自语，我为什么不可以学学陶渊明，去迎接岁月的那轮落日？

“绿如春水初生日，红似朝霞欲上时。”在景德古镇，余自乐出入坯房画室，釉上釉下，辛勤耕耘在白泥之上。一次偶然的机会，他和颜色釉陶瓷相遇，他呆呆地思索了多天，这是不正是梦中的色彩？以釉当墨！余自乐被自己的大胆想法激动起来，对，就这样干，也许是能闯出一条血路来，可也许这正是无知者无畏。余自乐早年毕业于浙江美术学院（现中国美术学院），与其他景漂画家一样，基本功、审美层次和艺术修养一样不缺，却对陶瓷工艺一无所知。“对陶瓷的认识，仅限于他吃饭的碗和喝酒的酒杯”，用色釉当墨，在坯胎上泼墨山水，正如李林洪教授称之为“开拓陶瓷艺术新视角”。

当时，也许他并不知，颜色釉是景德镇四大传统名瓷之一。颜色装饰源于商代的彩陶，到明，清时期，景德镇成功地创制了祭红、郎窑红等名贵色釉。它是用多种金属氧化物和天然矿石为着色剂，再装饰在坯胎上，经一千三百度以上的高温烧制而成。颜色釉品种繁多，色泽缤纷，红釉系列包括祭红、美人醉、三阳开泰、钧红、郎窑红、釉里红、火焰红等，主要以铜为着色剂。

《陶歌》诗云：“官古窑成重霁红，最难全美费良工。霜天晴昼精心合，一样搏烧百不同。”景德镇民间有一句陶瓷歇后语，叫“要想穷，烧郎红”。果然，余自乐没料到，迎接他的却是满房间的废品，每一件都是给冬日的他浇了一盆冷水。颜色釉是一种艺术，而艺术常常附丽于苦难，古镇有人说，上苍成就了一个王锡良，却让许许多多陶人在瓷海里飘泊，望不到岸。

在几年里，余自乐的颜色釉创作，如同夜里登大别山，因为在漆黑中不知风险，于是，又被大山激发起一番悲壮慷慨，一步步向山顶攀登，每一步都是他扎实的脚印。他甚至找来电影《祭红》一遍遍地看，也许他看的并不是艺术，而是一种千年的感动，他要的就是那一股力量、一股冲劲、一股创造力。宣德年间，皇帝要一套红色的祭器，红而不艳，静穆凝重，但几经试验不得成功，皇命不可违，一位老窑工的女儿，纵身跳入熊熊窑火之中，以血染红了瓷器。为了纪念这位烈女，人们称之为“祭红”。他知道了“祭红”是古镇人的一腔热血凝成！像登山从山脚重新出发，于是，余自乐从零开始，认真地学习陶瓷绘画的料性、釉色及窑变等材料工艺知识。颜色釉陶瓷，对窑位要求十分苛刻，有“寸金窑烧寸金瓷”之说，故有“人造宝石”之誉。余自乐窑前拜师学艺。他的豪爽与虚心感动了窑工，终于，也感动了“窑神”。

学者陈雨前说，余自乐“研究釉下泼墨，泼彩山水。所谓的泼，不是真的把料和色釉泼在瓷器坯胎上，而是指窑变产生国画泼墨效果。了解陶瓷工艺的人都知道，那几乎是不可能的，而他，还是成功了。不是某种巧合，而是几十件、上百件废品与多次的失败换来的成果。”人生就是一次登山的历程，位置往往决定你看到的风景，眼界往往决定你的未来。工夫、时间、耐力与成功往往成正比，当他翻过数百张日历，他终于终于成功啦！

一个满头银发的大汉扑倒在镇窑前，泪流满面，窑火将他映得火红火红！都说，男人是泥做的。余自乐的颜色釉作品，王锡良大师看后沉思良久，写下“火铸山魂”四个大字。是呵，它让人读出了男人的阳刚和大别山的泥土味，读出了夕阳的沧桑和壮美。

“景德镇学”创立者、景德镇陶瓷学院院长陈雨前联想道:“余自乐的成功，使我想起了一百年前的‘新安画派’程雪笠、王少维等人。正是因为这些安徽的山水画家来到景德镇，并且将国画的技法运用到陶瓷装饰艺术中来，才提高了陶瓷艺术的艺术品味，开创了陶瓷艺术的新纪元，并且，深深地影响了从那时到现在近一个世纪的景德镇陶瓷艺术的创作。”

夕阳正红。廿年前，余自乐从大别山“漂”来，泊在景德古镇，被景德镇陶瓷学院聘为客座教授。面对满堂学子，余教授感慨言之“人生之路是漫长的，也是短暂的，研究学问之路无止境。不管是专业创作，还是现实生活都告诉我，老实做人，认真做事才是正路。”

人生暮年，走过千山万水，阅尽人间沧桑，才懂得人生若瓷。生活就是一座镇窑，可谓炉火纯青，每个人都是纯洁的坯胎，入窑一色，出窑万彩。颜色釉的美，那是中国眉心的一抹朱砂，那是从岁月深处泛起的彩虹，那是长河一轮落日，血红、血红……

岁末，在“御窑景巷”邂逅童年

俨然是一片秋叶，岁月里划了个弧线，夕阳中飘落在“御窑景巷”。暮年的我，打马归来，放下行囊，又回到离别了半个世纪的小巷。哦，我是你弄堂里的老崽俚，我是你归来的情郎。

幽弄深巷青石路，窑砖黛瓦马头墙。古镇景德，悠然娴雅，小巷就是宋时遗留的一份境界，就是一本本线装的《宋词》，被光阴封存，被岁月风蚀。步入小巷，推开一扇坯房小院的木门，就翻开了一页。那斜阳还在，淘泥桶还在，辘辘车还在，思念还在，词牌还在……那一道道屋漏痕，在斑驳的墙壁上，涂抹着陶人瓷工的前世今生，勾勒着宋徽宗瘦金体的年轮，等着懂它的人来成为“朗读者”。

蓦然，我无法不相信时光的轮回，像“普鲁斯特的主人公碰对了密码，感觉到一种奇特的快感与震颤……”小巷分明是一条孩提记忆的长廊，里面蹦跳着一个童年的我。是谁在说，有一个老家叫小巷，有一条小巷叫童年，有一种童年叫“御窑景巷”的时光。

还记得石狮埠的石狮，还记得奶奶说我出生时的一场洪水，还记得铁环滚动的淘气。六十多年前，我出生在石狮埠公安派出所。据说我刚满月，洪水已淹没了派出所的一楼，当警察的母亲蹚着水去抗洪了。我一哭，奶奶就讲弄口有一对石狮，张牙舞爪挺吓人的。长大后才知小弄形于元，盛于清，被称为埠是因曾是陶瓷商人的云集地之一，专营瓷狮，彩绘的青花的还有颜色釉的。长大后的我觉得弄口的一对石狮，威严中却有几分慈祥。更难忘，调皮的我将家中挑水木桶铁箍取下，变成铁环滚。第二天，当老爸挑着一担木桶去弄口挑水，木桶散落一地，我被老爸饿了两餐，还是奶奶端

碗饭来寻我，至今难忘那天吃饭的模样，可称狼吞虎咽。

“低头弄”的嬉闹声还在吗？走进小弄，才发现那路面的青石板不见了，换成水泥路，少了沧桑感多了惋惜。“低头弄”形于宋朝，据说明朝的一个陈氏抚台住于此，故意在弄口建了一个低矮的青石牌坊，所有骑马来拜访的都要低头而过，故名称低头弄。清时，在中渡口至毕家弄地段，云集了七十多家窑柴行，低头弄因交通便利，曾经是窑柴的集散地，至今房屋仍保留了柴行的结构。儿时躲迷藏的一处窑砖砌筑的旧民居还在，墙角已长满斑驳的青苔，蜘蛛在屋梁间织就一圈圈的昨天。忽然间，那种一惊一喜的感觉也一圈圈从心底泛起。有一次，躲迷藏累睡着了，派出所出动大部分警力找到半夜……事后，听说上头有人怪罪，人民警察为人民，派出所竟出动那么多警力，寻找一个家属，好像我不是人民。事后几天我成了“低头弄”，成了左邻右舍的故事。我常想，将小巷的故事，垒成一座座窑柴小屋，永远住着我的童年。

谁的青春不迷茫，谁的童年不淘气。可是，没有时光在原地等你，幸福的岁月，就是那失去的岁月。小巷弯弯，却总是一头连着昌江，走来踱去，我们都走不出珠山的怀抱，走不出宋朝景德时光。回到御窑遗址旁，里弄深深，岁月沧桑，无论外面怎么喧嚣，多少诱惑，这里总是静谧祥和，我们不会走丢自己。其实，每个人生活中都不乏普鲁斯特式幸福的机缘。

不能不走进玉字巷，那里住着我的梦里老家，水墨徽州。是谁用徽墨将大条横弄与直弄相交，写成一个“玉”字横卧，而弄中2号的黟人汪氏宅院，是玉字的那一点浓墨。独具特色的正厅，延续了古黟人家的陈设格局，“几百年人家无非积善，第一等好事只是读书”的对联，“承德堂”横匾，一幅古代山水画卷，中堂画下的条案正中摆有座钟，两边瓷瓶，还有徽州木雕底座的方镜，寓意为“终身平静”。于是，我常光顾这座百年老宅，感受徽商文化的博大精深，时光流逝，禁不住往事一片泛滥。汪氏产业“大顺布店”，与老宅相连，写尽百年老店昔日繁华，至今仍开门营业，只是已不销售真丝绸缎，只经营着过往岁月的风情。

青阳书院里书声朗朗，夜夜洒落一江宋词。也许是徽州贾而好儒的习俗，大字不识的祖母对书籍以及有字的物件都很恭敬。在我很小时，就带我到新安书院和青阳书院，求得几本《三字经》等书籍，伴我长不大的童年。青阳书院就在离家不远的求知弄。这里曾是四川同乡聚集、交流陶瓷文化的地方，原称蓉城会所，后开办了书塾，也叫青阳书院。其实，求知弄原为求子弄，因在东端曾有一庙宇，供奉着送子观音菩萨，香火燎绕，人们求子，何等福音。“广学开书院，崇儒引席珍”，古镇浸淫书香千年，先后有四十多所书院，求子弄渐渐变为求知弄。一字之变，昭示古镇一步步迈向现代文明。

哦，看不尽一江碧水两岸窑火三处码头，唱不尽十里窑

歌十九条小巷，说不完百年民俗千年痴（瓷）情……扯不断的乡愁，悟不尽的人生。

是谁站在中渡口，回眸一笑，让珠山等了千年，那龙珠阁的身影长过了时光。怎能忘旗杆弄旗帜招展，“凤凰展翅半边街”，看过“舟帆日日蔽江来”，夜夜停泊里市渡码头；听过篾丝弄编织一缕缕光阴，竹筐篾篓装不下槎窑弄的风情。朝阳巷至今无法遗忘旧时光，市井文化剪成古浮桥的风景，不要叹息龙船弄龙舟抛锚渡埠口，繁华落尽忆沧桑。应感恩窑弄里的一盏窑火，温暖漫漫人生路，石狮埠弄里留下一段真情，就让它停泊在韦陀桥边。都说江家弄、当铺弄、太平巷……沉淀了许多情结，无须打捞，有时相见不如怀念。

一片御窑景巷，半部古镇文化史。我不知道小巷是凝固的昌江，还是昌江是流动的小巷。是谁在说，我多么愿意和圣奥古斯丁一起歌颂上帝："你的岁月无往无来，永是现在，我们的昨天和明天都在你的今天之中过去和到来。"曾经的从容、童年的不舍，都已泛黄或搁浅，岁月只留下斑驳底色、昌江里的瓷片，而古老的浮桥连起记忆与未来的彼岸。

"今人不见古时月，今月曾经照古人。"今夜，我披着《宋词》的月光，徜徉在昌江边上的"清明上河图"画卷里，享受慢生活时尚老城时光。想去新建的五王庙古戏台听

曲看戏，登台亮相，或到亲水平台散步，让河面上远古的风拂过脸颊。明晨，到昌江碧水中畅游，劈波斩浪，看渔舟捕鱼收网，最想在河滩上寻一块老渣饼，漂过水面荡漾起串串涟漪，高楼倒影碎了一江。又想蘸江水为墨涂鸦写生，不料却成了别人镜头中的风景。只见江上一叶轻舟随波而去，小巷一袭倩影徐徐而至，可是我岁月转角处的丁香？一张旧船票能否登上你的客船？好在老城博物馆、水龙会博物馆、民俗博物馆收藏那么多的眷恋，天天上演。有人问我，古镇是否有一台实景剧，叫“御窑景巷”！

而此刻，我只想安坐在“御窑景巷”，和邂逅的童年单独呆一会，给自己一个温柔的拥抱，听听生命的声音、灵魂的声音。耶稣曾告诫人们：“除非你们改变，像小孩一样，你们绝不能成为天国的子民。”人生，总是被时光不经意折叠成一条又一条凹凸不平的幽弄深巷，而小巷一横一竖又拼凑出生命的意义……

“院宇初凉，楼台不夜，漫说经年隔。引杯长啸，醉看天地空阔。”光阴轮回又是秋，小巷尽头昌江流。君不见，总是留不住的童年，总是流不尽的春秋，总有离岸的舟，总有归来的人……

写于2018年8月9日

“三宝”，短笛长歌独倚楼……

春夜。山谷。万物静谧。蓦然，一曲笛声从峡谷深处飘来，圆润，晶莹，温暖，细腻而悠扬，缭绕在三宝的上空……

啊，“此曲只应天上有，人间能得几回闻。”短笛长歌，九曲回荡，推开山谷里一间间茶舍坯房的柴门木窗，剪一幕

月光，融入溪水潺潺，让人恍若梦回大宋，“寒山吹笛唤春归”……

多少年来，三宝宛如一支瓷笛，横卧在连绵大山的呼吸之间，随山峦起伏，笛声悠扬。一个个宝石般的村落俨然是笛孔，袅袅炊烟若一圈圈音符，飘浮升腾，岁岁年年，演绎着四季的轮回、光阴的节奏，飘逸着淡淡的乡愁、浓浓的诗意、长长的情歌。“谁家一声笛，吹梦落空山”，多少人不经意走进诗意，陡然沦陷，从此忘归途！

古镇，自古群山怀抱，有众多幽深的山谷。山谷里终年泉水叮咚，顺涧成溪，大多汇聚于东河、西河、南河，流入古镇的母亲河——昌江。三宝，位于南河上游，只是其中的一条十余公里的狭窄山谷。相传，宋朝有位叫三宝的人，在此搭一草棚，开设茶馆酒肆，常有购瓷土的商客和过往的行人喝茶驻脚，生意兴隆，故称三宝蓬。也有传说因当时瓷石矿每天产出的瓷石值三个金元宝，故得此称。因为陶瓷，三宝被称之为“三宝瓷谷”，可以用艺术、古拙、时尚、静美这样的词来修饰或搭配。

读过宋人王观写的宋词：“水是眼波横，山是眉峰聚，欲问行人去那边？眉眼盈盈处。”山水交汇处，美好的地方，在“景漂”乃至所有陶人心中莫过于“三宝瓷谷”。是啊，三宝不大，却可以装得下许许多多人炙热的梦想；三宝很短，却需要用千年的光阴来丈量；三宝不长，却是久远的昨天延伸至今天的一条古道。于是，有人说，沿着这条山路走去，就能走进大宋的那一轮皓月。

宋时，古镇就是中国乃至世界最早的单一手工业城市。陶瓷，是泥、水、火的合唱，制瓷的“七十二道工序”从来就是一支手工业协奏曲。三宝，如果是一支陶瓷的短笛，那么沿线的石家坞、朱家坞、马鞍岭等自然村像一颗颗镶嵌的宝石，更如同一个个的笛孔。你看马鞍岭、红梅岭、东坑等地，始于五代及宋就有瓷石矿开采，至今仍留下一个个洞坑笛孔。当年，发源于景德镇南山的一条泉水成溪，蜿蜒十多公里，宛如一首欢快动人的陶歌小调，流过三宝的古矿岭、杨梅亭窑、湖田窑，途中有三宝双坑村背后的金溪山、石膏坞的溪水溶入，浩浩荡荡，注入南河……山上有葱郁茂密的松柴，山麓有瓷石矿，山下有窑口，山谷有终年流淌的溪水。“在山石骨出山泥，水碓舂成自上溪。”于是，三宝山谷成了一条天然的生产线，形成众多的水碓群，日夜不停地将矿山运来的矿石加工制成陶瓷原料，送到窑口使用。从北宋时期开始，这里瓷矿兴旺，窑场林立，溪水叮咚，水碓轰鸣，陶人瓷语，独轮车哼唱……如庞大的乐队，短笛长歌，一首古镇瓷业兴旺的协奏曲，响彻十里山谷。今天，在三宝蓬周边，人们站在湖田窑址、杨梅林窑址、黄泥头、银坑坞、外水里等众多古瓷窑场遗址上，仍浮现人潮涌动，曾经的辉煌，仍听见余音袅袅，不绝如缕。

《吕氏春秋·谨听》中言：“故当今之世，求有道之士，则于四海之内，山谷之中，僻远幽闲之所。”三宝的笛声，呼唤着“匠从八方来”。浩浩荡荡的人流，从江南塞北，从高原大漠甚至太平彼岸，向昌南，向古镇，向静谧的山谷聚集。三宝，成为陶人瓷工的向往、能工巧匠的聚集地之一。三宝的笛声，演绎成那铿锵的脚步，这是华夏文明的一种流动，是悠久历史的一种磁场效应，是厚重陶瓷文化的一种张力喷发，穿过唐宋，穿过元明清，穿过民国，穿过光阴的隧道笛孔，一直走进今天“景漂人”的梦里。

有人说，漫步“三宝瓷谷”，听三宝笛声，总有着让人一见倾心的熟悉与感动，挥之不去，如一步走进陶渊明笔下

的田园诗，沉醉其中。而在三宝，有个陶渊明的同乡李见深让人无法绕过，人称外号“李三宝”，被誉为“三宝国际陶艺村”的“村长”、“庄主”。李见深从景德镇陶瓷学院毕业后赴美留学，又到加拿大的陶艺中心学习工作。1995 年，李见深回到景德镇，用镜头记录中国传统的陶瓷文化，在世界陶艺电影节获得银奖。之后，他创办了“三宝国际陶艺村”，被媒体称为“一个具有中国文化代表性和影响力的国际艺术村落，中国当代陶瓷艺术创作与国际交流合作的平台”，每年吸引着数百位外国陶艺家来这里创作、交流、访问，每个月都有国外陶艺家作品展或文化交流，陶艺村安排国外陶艺家配泥、拉坯、利坯、施釉……到各个窑口参观，认识景德镇，感受中国瓷文化。于是，触动了洋“景漂”们

灵感如泉，一批批中西合璧的作品精彩亮相，让世界耳目一新。三宝成为一个全新舞台，不同肤色的众多艺术家同台献技，瓷笛劲吹东西南北风，多了非洲的节奏、阿拉伯的浪漫、北欧的清澈……陶瓷文化的笛声，穿山越海，风靡大洋彼岸，偏僻的东方山谷又一次让世界瞩目。

三宝瓷谷，云遮雾绕，炊烟袅袅。那是谁昨夜的笛音，昨夜的柔情？瓷谷的笛声，让泥坯有了音乐的弧线，让瓷曲可以立体触摸，让艺术模糊了国界。今天，不同种族不同肤色的“景漂”艺人独守山谷，捏泥画坯，赏景写生，饮酒品茶，写诗著文。三宝寻宝，挥洒快意人生，在温馨山谷中漫步遨游，感受陶瓷的魅力，追寻此生唯美的诠释。山谷中，处处可见少年鲜衣怒马的身影，抚一支长笛，一身布衣飘然山谷江湖，成为三宝的黄庭坚——“山谷道人”。每日，登群山之巅迎朝阳，居幽深瓷谷沐明月。啊，人生如笛，岁月如歌，谁的人生没有抑扬顿挫！三宝是人生路上一个驿站，是遮风避雨的小亭，“景漂”人在这里整理自己的记忆，清点人生百味、爱恨情仇，种下怀揣的梦想，让它尽情地生长、肆意地蔓延……

现代人有太多的寂寞需要宣泄，我敢说，三宝瓷笛，则是每一个走进山谷、栖息古镇的人特有的狂欢！

“山谷藏逍遥，梦游不肯归。”十里山谷，早已不是“独影空寂寥，笛声何人懂”。这里成为“景漂人”的乐园，艺术的长廊。沿途泥筑土砌、粉墙黛瓦、散发原始气息的民居，大多成为外来艺术家的工作室、坯房、茶舍或艺术陈列空间，与田野、菜园、山峦谱成一首瓷谷田园诗。闲云居、真如堂、青雕希琢……据统计，目前在三宝聚集了工作室企业及文化艺术机构达百余家之多，在此的艺术家创业者超过三千人，三宝被贴上“新世纪的中国美丽乡村”、“陶瓷文化创意产业示范区”、“传统手工艺活态传承的教科书”、“绿色生态养生休闲度假胜地”诸多标签。“近朱者赤、近墨者黑”，不少种田的村民，耳濡目染，竟蜕变为“陶艺家”。我以为，改革的成功，莫过于改变一个个普通人的命运！

“四面青山三面水，一城瓷器半城窑。”其实，古镇昌南就是一个大峡谷，一根长笛。千年吹奏着一首陶歌瓷韵，一曲田园牧歌，一种宋人的生活状态，一种陶工的自在与洒脱！你听，“谁家玉笛暗飞声，散入春风满瓷城。”山谷日月长，静待花开落，笛鸣山更幽。当这个世界喧嚣不绝，古镇守护着心中那一份山水、那一份宁静。

哦，“短笛长歌独倚楼，万事尽随风雨去”……

仰望唐英

恍然若梦。你怎能扔下你的瓷国，你的景德，你的古镇！唐英，你心中的陶瓷究竟是什么？是闪亮发光的顶戴花翎，还是皇上天子的欢心？是梦中的春山秋水，还是遥远上天的神灵？

又有谁知道，占据一个东北男人心中近三十年的，竟是南方的一个小镇。那燃烧了千年的熊熊窑火，将你人生最美丽的年华烧制成陶瓷精品，不再惧怕岁月风雨。你说这人世间也许只有陶瓷不朽，而让你备受折磨的也是陶瓷的职业“痰火病”。可你不言悔，这样能将一生都交给陶瓷，谁说那不是一种永生！只可惜那盏薄胎瓷的油灯在寒风中摇晃，再也点不亮魂牵梦绕的瑶里三月，不再有《灯月闲情》。真想再说几句《陶人心语》，却气喘吁吁，沉默无声，像窗外连绵起伏的山峦，仰卧成陶瓷史上一座无法逾越的高岭！

“回首向来萧瑟处，归去，也无风雨也无晴。”岁月不居，时代造就了你——唐英。从小习武，武职入宫，正白旗包衣旗鼓人，随康熙三下江南，护驾有功，雍正任你为五品官员，那时你才四十多岁。做诗文、编戏曲、唱京剧，无奈

皇宫太深，耗去大好光阴。1728 年夏日，雍正差遣一名督陶官，年近半百的你，幸运成为皇上手里放飞的一只风筝，开始了你所要的人生。雍正或许不知，你这一辈子是为浩瀚的苍穹而生！哦，“生逢盛世，陶铸成金”，武将的你大吼一声，打马前行！

走出红墙，你背负着浩荡皇恩，更是一种心灵的放飞。飞向一座全新舞台，那是两千多里外烟火缭绕的古镇。你仍是“内务府员外郎”，却不再供役“养心殿”。只有你知道，那座南方叫景德的古镇，才是你翱翔的蓝天！那洁净的瓷土，才是你眼中飘逸的白云！

脱下五品官服，你就是一个瓷人；穿上背褡，你就是一名窑工。人生如陶，以陶为乐，你自取名“陶人”。“杜门谢交游，聚精会神，苦心竭力，与工匠同其食息者三年。”于是，“陶人有陶人之天地，有陶人之岁序，有陶人之悲欢离合、眼界心情，即一饮一食，衣冠寝兴，与夫俯仰登眺交游之际，无不以陶人之心应之，即无不以陶人之心发之语以写之也。”陶瓷成为你一个永远的梦，从此在梦中！

彻夜难眠，仰望苍天，你可在寻找雍正的眼睛？却只见古镇烟火弥漫，烟囱如林，火光冲天，分不清哪是窑炉爆出的火星，哪是北斗耀京城。于是，你五体伏地，寻问泥土，何为梦境？古镇是皇朝的御窑厂，也是实现理想的梦工厂，让自己“窑变”成瓷，让松木窑柴照亮你的后半生，以报效朝廷皇恩！蓦然醒悟，热血沸腾！

一个男子汉，注定为梦想颠狂一生。你挽起衣袖，卷起裤腿，叉开双腿，采石、练泥、拉坯，坯房佬赞誉“夺稳个”！人们不知这竟是朝廷武将站桩的功夫。你将花鸟虫鱼、青山绿水展现于坯，将宫殿中飘荡的祥云、楼台亭阁描绘于瓷，又引来惊讶的目光，他们当然不知督陶官是康、雍二帝所宠爱的宫廷艺术家之一。人生得意须尽欢，你高兴时哼上几句正宗京腔京剧，对白时竟冒出镇巴佬方言“好来势”！镇上人都说，十年可以成就一个秀才，却难出一个看火把桩师傅。可你一头钻进窑房，端匣钵递松柴，吐涶沫观窑火，与窑工席地而坐，一起大碗喝酒猜拳，一起享受开窑的快乐与叹息，“咯杂东北佬真结棍”！你名声四起。坯房窑厂就是江湖，往往酒量与豪爽是溶合剂，你像一团白泥和瓷工揉捏在一起，成为搭背搂肩的兄弟，汗水洗尽铅华，真情换真经。从“陶固细事，但为有生所未见，茫然不晓”到“因于泥土、釉料、坯胎、窑火诸物，研究，探讨，往往得心应手”，《陶冶图说》在笔下应运而生。瓷器烧造的工序、行业的精细分工、民间工匠的疾苦期盼，还有前任督陶官员的劣行，你真成了“镇上咯银”。

出门一把伞，进门一盏灯。灯下，你遍访民间，相遇童宾，“以骨作薪，丐器之成，遽跃入火。翌日启窑，果得完器。”你感慨不已，仰天长叹，老泪纵横，“一旦身投烈焰，岂无妻子割舍之痛，与骨肉锻炼之苦？而在皆不顾，卒能上济国事而下贷百工之命也，何其壮乎！然则神之死也，可以作忠臣之气而坚义士之心矣。”窑工何有？唯有生命！投火祭窑，以保众生，多少无奈，无奈中却是对生命的敬畏，童宾站起古镇之精神！于是，你拨开岁月的尘雾，恭请真神，雕塑神像，重修残缺破败的神祠，整理传记，亲自撰写《火神童公传》，又报请上司年希尧撰写《重修风火神庙碑记》。并将重修一新的神祠，以“佑陶灵祠”重新命名，亲写瓷匾，镶嵌门楣上方，主持隆重的首场祭祀仪式。从此，古镇官窑民窑，均要供奉“风火神”的神龛。每当窑炉点火，窑工更衣焚香，三跪九叩，拜风火神，祈求保佑。待瓷器烧成之日，又大摆酒席酬神。从此，童宾从一个平民窑工、流传在民间的野神，成为官方认可的神灵，风火神崇拜深入人心，成为古镇人精神之图腾，世代供奉传扬，也洗涤了陶人的心灵。

千百年来，古镇陶人瓷工将一腔豪气捏进了白泥，火中升腾，童宾其实就是他们自己的化身。是呵，你点燃的是工匠心中的窑火，敬畏的是百姓。孔子曰“仁者，爱人”。你深知“仁者比智者更易获人心”。你革故鼎新，落实雇佣制度，对物料照时价“公平采买”、“动支内府，按时给值”、“鸠工庀材”、“与市价均适”，实行“官民称便”。“至于赏勤儆怠，矜老恤孤，与夫医药棺槥，拯灾济患之事，则又仰体皇仁，寓贷于造作中之意，此微末小臣尽力宣劳之职也。”古镇工匠奔走相告，积极性空前提高，他们为完成宫廷所需陶瓷的烧制任务积极与你合作，窑民“乐趋之，仰给窑者日数千人，窑户率以此致富”，镇窑何愁缺薪？

古镇群山环抱，你常登山巅远眺，收纳高天流云。你差人走出山门，遍访名窑，“集天下历代名窑之大成”。御窑厂将历代官窑及哥、定、均、龙泉、宜兴等窑仿制得惟妙惟肖，神韵毕现，“仿古采今”。同时，尽力吸取和融汇外洋的技法与装饰，创制民族新品。在此期间，胎质、釉面、器皿品种、工艺手法等无不登峰造极，烧造的瓷品装饰辉煌灿烂，为朝廷献上一批批旷世陶瓷精品。《景德镇陶录》称赞这一时期“厂窑至此，集大成矣”，“泄造化之秘”，“佑文明之瑞”，“有陶以来，未有今日之完备”。尤其是在窑火升腾中

变幻莫测“窑变”，是你主持撩开了神秘的面纱，成为陶人瓷工手中有规律可寻的技艺。当一件件精品呈现，窑房内窑工亲吻土地，长跪不起，感谢神明的造化、天公的恩赐，你被镇上民间相传为是救苦救难的菩萨转世。在你五十四岁生日那天，古镇御窑厂工匠与镇上商贾窑户自发为你庆生，感恩之心，情真意切，并无阿谀奉承之虚伪。

“真清真白阶前雪，奇富奇贫架上书。”不知是江南的诱惑，还是古镇的磁力作用，御窑窑火明又灭，小院草长花又开，你竟忘了自己是武将还是文官，只知是古镇之“陶人”。乾隆元年以后，你擢升为多少人梦寐以求的主管关税的大吏，“养心殿总监造，兼江南淮、宿、海三关和九江大孤塘关税课，督理江西陶政”，你却先后三度向皇上辞呈，要求辞去关税官职，而专司窑务。“不如意处勤修省，到遂心时戒满盈。”如果当初出宫是皇上知人善任，而今你却屡屡辞呈，功归朝廷，“陶渔成宦隐，须鬓任年华”，留住心灵的自由，如一团白泥，澹泊、质朴，清秀、娴静。归隐江南山水间，吟风弄月觅闲情。

都说，你时逢盛世，主政榷陶，是一种幸运。可有谁知你是戴着镣铐跳舞，旋涡里生存。你不负皇恩，造福黎民，将智慧、智谋、才华施展得淋漓尽致，穿越光阴！你甘愿低若尘埃，志系苍生，迎合百姓之要求，促进生产力发展，推动陶业前行；你甘愿为御窑中的一块松柴，和千千万万个瓷工一起，燃烧自己，让泥坯成瓷，冶造了雍乾王朝的陶瓷皇冠，也铸造了古镇之魂！

而你，却柴尽火灭，倒在病榻上，眼中的那滴热泪，挂在御窑厂的屋檐下，结成了冰凌，宛如1756年那个冬季古镇的裂纹釉瓷，透亮晶莹。呵，人生恰如窗外花，开也优雅，落也从容！

“白发青衫兴宛然，江湖时序任推迁。无边景物韶光转，新山新水换旧年。”雍乾盛世早已如昌江水流过，多少督陶官随风而逝，这人世间，人都来自泥土又归于泥土，你却窑变成瓷而永生！唐英，你已离开江湖二百六十多年了，古镇还有你的传说、你的故事，都说看见你风采依然。

有人说，你是从西边走出古镇的，沿着唐英大道西行。君不见，古镇拓展一路向西、向西！你心中的窑火已凝固成“神火”，成为古镇的标志，耸立街心。昌南湖畔的瓷塔，是直上云霄的“唐窑”，那是你高大的身影，每一层砌叠的都是你的著作、戏曲、书画、篆刻和诗文，讲述着一位督陶官丰沛的灵魂。后人仰望，仰望一位伟大的陶人！

哦，这个夏夜，我们不约而同走进“唐英学社”，读你，读《陶人心语》、《灯月闲情》，读《古柏堂杂著》、《问奇典注》。“我的心是旷野的鸟，在你的眼睛里找到了它的天空”。感谢你，唐英！

我生命中的浮梁

“长忆浮梁风景好，赤栏杆外柳千条。”浮梁，从来就是多少人心中的诗和远方，历代文人墨客、能工巧匠的向往。

谷雨时节，已是暮春，我走进浮梁古县衙。此刻，头顶上一颗有着传奇故事的房梁，千百年来，横跨衙门宽敞的大厅，默默注视着人世间的风云变幻，光阴浮沉，如生活在这块土地上的人们，淡定而从容。

据传，浮梁县名源于一个古老传说，与这颗房梁有关。久远时，一场大洪水，冲倒了县衙，县城夷为平地；县衙重建时，刚架好房梁，又遇洪水汹涌而至，偌大的房梁也被冲走，众人追去，一直追到现浮梁旧城处，才见房梁停下，环顾四周，蓦然发现，此处依山傍水，风景秀丽，地势开阔，乃平坦和美之地，于是，新县衙建于此，易名为“浮梁”。然而，这块土地浮与沉的演绎才刚刚开始……

列夫·托尔斯泰曾说，“你不是我，怎知我走过的路，心中的乐与苦”。浮梁，史上曾叫过新平、新昌，天宝元年始称为浮梁县。公元816年，县治迁住今天的旧城村，1916年，浮梁县治迁往景德镇，1927 年至 1929 年一度改为景德市。1949 年新中国成立后市县分离，成立单独的景德镇市。1960 年浮梁县建制撤销，行政区域由景德镇市直辖，1980 年成立鹅湖区和蛟潭区。一直到 1989 年正式复县，浮梁县才重新浮出水面，慰藉了多少乡愁。

“新平冶陶，始于汉世。”浮梁，将一团白泥在辘轳车上转动、拉坯，拉出了《景德镇陶瓷史》的序言和一章又一章……“景德镇原名昌南镇，是浮梁县的一个陶瓷烧造基地……宋景德元年即 1004 年，以皇帝的年号置镇曰景德镇，

但仍归浮梁县管辖”。所以，看千年陶瓷史，可以看古镇景德，再往前看，你只能看浮梁。

宋应星的《天工开物》言：“水火既济而土合。”瓷器是水火土的作品。昌江，是古镇的母亲河，在浮梁境内达近百公里，沿途数不清的溪水加入，浩浩荡荡流进古镇，滋养了古镇陶瓷业和陶人瓷工。而浮梁高岭村的“高岭土”的发现，成就了楚楚动人的景德瓷，古镇从此登上陶瓷王国的巅峰。瓷器是火的艺术，又是浮梁的那茫茫林海、大片的原始森林，尤其是适合烧瓷的松林，让古镇“两岸窑火别样红”，千年不熄……浮梁，像天下所有的母亲，倾其所有，养育了古镇。古镇一天天长大，走进皇城，登上金峦殿，宋真宗赐名景德，新平、昌南仍是他的乳名。千山万水越过，昌江之南才是启航的渡口。古镇无论长多高，是因为站在了母亲的肩头。

然而，岁月长河浪涛翻转，戏剧化的换位让人唏嘘，感叹不已，如远古的琥珀，因历史的沉淀和时间的幽深，使之晶莹可鉴又不全然透明。今日，许多人只知古镇景德，而不知古浮梁！

岁月，在浮梁人眼里就是一杯茶。春来冬去，如杯中香茗沉浮。浮梁是著名茶乡，有宋、元、明、清历代的贡茶。“一杯茶、一炉火，神仙不如我。”浮梁人仿佛总是沉醉在陶渊明笔下的田园中，随遇而安，知足常乐，平淡如水。名茶“浮红”在 1915 年巴拿马万国博览会上获得金牌奖，被列为世界三大高山香茶之一。而令人感慨的是，浮梁人领了金牌后，认为这是大自然的馈赠，不值炫耀，存于箱底70多年后，才浮出水面，这恐怕是少有的淡定与从容。“商人重利轻别离，前月浮梁买茶去”，倒是白居易懂你，一句感叹，在浩瀚的中国诗词里，渗进了淡淡的浮梁茶韵，任岁月品尝，义务为浮梁茶做了千年广告。

山不解释自己的高度，并不影响它高耸入云。“浮梁县，隶属景德镇，地处赣东北地区……”今天，她向世界介绍，一脸淡定，而将显赫的身世深藏于发黄的县志里。都说“匠从八方来，器往天下走”，其实说的是古镇原住民浮梁人的博大与包容，与其说是一种性格，更是一种修养与境界，一种大智慧。浮梁人淡定坦然地目睹人世间沧海桑田的变迁，如一位收拾好碗筷的母亲，回到厨房，默默坐在灶前，炉膛火光将她的身影，映照在时光的墙壁上，那是历尽沧桑却依然淡定的美丽。

有人说，浮梁的淡定，一半是水，一半是火，如山涧的溪水流淌在时光深处，深入浮梁人骨血的根与脉，那是这块土地滋养的精神与脊梁。

在浮梁的一座陵园中央，是中共浮梁县委、浮梁县人民政府竖立的一块高大墓碑，上面刻着：“1970年5月9日，乐勤同志为抢救国家和人民的生命财产光荣牺牲。浮梁人民永远怀念乐勤同志！”这里安息着一位浮梁人心中的英雄、一位老共产党员，牺牲时年仅三十七岁。她是我的母亲，曾是全省最早的女公安派出所长。母亲下放浮梁的那年，山洪爆发，水库危急，她毅然前行，抢救落水群众，群众得救了，大堤却瞬间倒塌，舍己救人的母亲却化作山脉。不是原住民的她，成为了永远的浮梁人。

浮梁复县后，县委安排母亲的墓迁入新的陵园。庄严的仪式上，时任县委领导叩拜一跪说：“我们都是您的儿子！”此刻，他面对的是浮梁母亲的形象，天地为之动容。而那一场洪水，却让我人生路上布满泥泞。我想，这是母亲和这块土地留给我的财富。我将思念酿一壶酒，与泪水一饮而尽，奋然前行。

浮梁的一个四合院，我常去看望住在那里的青春。1973 年，18 岁的我踏着母亲

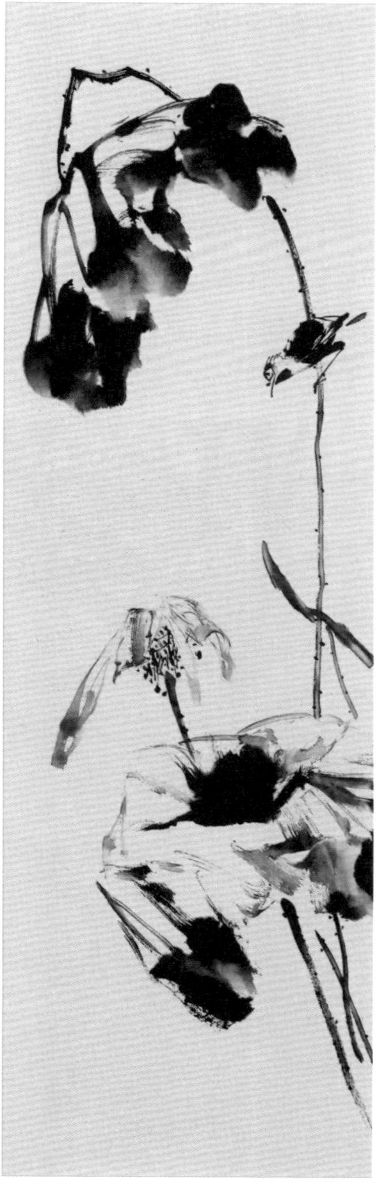

的足迹，仿佛在寻找家园亦返乡的途中，又走进浮梁，成为朝阳垦殖场的一名知青。开荒种茶、种菜养猪、插秧割禾、烧砖建房……我们品尝劳动的艰辛与丰收的快乐。至今，忘不了烈日酷暑挥汗如雨的茶园、深夜泪水浸湿的被窝；忘不了没有油星的酱菜、猪油拌饭的欢乐；忘不了那个年代的迷茫和忧愁，忧愁里裹着期望……在这块土地上，我们和农人一样，脸朝黄土背朝天，在风吹雨淋日晒中，度过了三年多时光。这是另一种人生，那个时代让我们成熟，超越年龄。参

军离开时，我望着袅袅炊烟，竟起离愁别绪。

今天，知青点所在地已成为美丽的三贤湖。苏东坡披一身春光，站立湖畔，仿佛对身边的黄庭坚和佛印说，浮梁能“散我不平气，洗我不和心”。是的，这个世界有太多的浮躁与喧嚣，人生有太多的不如意。许多人走过浮梁，在青山绿水过滤后，才懂得真正的淡定不是避开车马喧嚣，而是在内心修篱种菊。

章太炎先生认为，“不读史书，则无从爱其国家。”浮梁，厚重的历史，如一壶老酒，让人品尝含蓄、内敛而平和的东方文化积淀，淡而不浮的宋时美学，找回“历史感”与心灵归属。君不见，中国唯一的陶瓷大学和江西省陶瓷工艺美院双双回归故里，陶瓷工业园区落户浮梁，这是一种感情的回归、一种历史的传承，更是一种彻悟的升华。

一位英国诗人吟道：“上帝创造了乡村，人类创造了城市。”呵，浮梁，你可是上帝之作？满目青山，蓬蓬勃勃，沥沥春雨，如琴似韵，充满希望，生生不息……我一颗安闲平静的心，融化在天地之间，物我两忘，一片澄澈……

哦，我生命中的浮梁，一种淡定从容的力量。

集源，藏在深闺的美丽

都说，没有比人更高的山，没有比脚更长的路。当我们站在山脊上回望，脚下群山起伏，云遮雾绕，阳光明媚，山风吹拂，清新温润的空气，满山绿色张扬，一条石头垒就的古道，在山脊上蜿蜒，当地人称之为“山背上的古道”。有人说，这是大山戴上的一串项链，有人说，如怀素在山峦上挥毫的草书，有人朗诵起李白的“蜀道难，难于上青天……”一时引来群山和诵！那每一块石头都经历了千百年的风雨洗礼，留下多少先人的足迹，珍藏了多少动人的故事，随着山风飘向远方，也等待后人来倾听……

最美人间四月天。这是个春光明媚的周末，让人涌动着希望与激情，向往远方的诗意和风景，我们一行出发，前往号称“藏在深闺中的集源”。一周前，考古专家阿白就开始案前考古：集源，位于浮梁县鹅湖镇东北部，属大山深处，境内最高山峰海拔 680 米，号称“高望头”，平均海拔也达 480 米，山高路陡，却引来众多的陡步探险者。今天，我们“珠山文会”先遣队来了！

一条是村村通的平坦公路，一条是现已人迹稀少的崎岖古道，摆在我们的面前，像每个人在人生路上面临的选择，其实是在检验你藏在骨血里的性格。生命就是一次次挑战，我们毫不犹豫地选择了后者。从事文物工作的阿白把这当作一次寻宝，“小草”虽是女生，却淡淡一笑，“疾风知劲草，小草原属大自然”，抬脚向前；“人生若只有年轻时才拥有青春，那是此生遗憾”，我紧紧跟上。于是，我们踏着先人的足迹，从古道向山顶上的村寨攀登！

集源，原属浮梁县金竹山乡。我们首先迈进的是地处山坳间的金竹山村，因处于竹山之中，盛产金竹而得名。茫茫竹海，与电影“卧虎藏龙”的竹林相比毫不逊色。一地春竹争先恐后，从地底冒出，一派春意盎然，让人体验到“雨后春笋”的盛况，隐隐约约还能听见拔节的声音，令人振奋不已。接着，当我们走进在华东地区第一大原始森林，古木参天，阳光照进密林，成为一条条金线，这时只有用震撼二字

来形容。连绵三四华里、达三百八十亩原始森林在当今已是一个传奇，在全国国土上也寥寥无几。韩晓光教授赋诗道：“森森古木欲参天，驿道盘桓兴盎然。重返山川怀抱里，园田今又续前缘。”而当我们走近村庄，面对全国第一大青冈古木，高25米，胸围4.62米，仰望之间，只觉得岁月沧桑，人在大自然面前显得那么渺小，唯有敬畏与尊重。而这一片林海绿色，暗暗保护着一方生灵，附近的村落都成为了“长寿村”，百岁老人已不是稀罕事。引来络绎不绝的游人来此观景、洗肺，沾“仙气”，寻找人与自然和谐的真谛。

一层层的梯田，映入眼帘，被称为画家写生、摄影家拍摄的胜地，又触动了韩教授的灵感：“梯田叠叠绕层峦，毋忘先民稼穑难。我辈应知农事苦，扶贫莫作等闲看。”当我们走近，看见一株株不高的树苗被绑着塑料纸，不远处有人正解开，树桩已长出一枝枝绿芽，我们好奇地上前问一位老农：“这是什么树苗？”“柿子！你看这近百亩都是，500多棵，茶树苗10万株，是市里财政部门扶贫的项目。”他很热情告诉我们，话语中掩饰不住喜悦之情，“结柿子要几年呢？”“一般要三年。”顿时，我们脑海里浮现绿油油的茶园、红红的柿子，多么令人兴奋的远景。“我们徒步者旅游的人可来买柿子啵？”“当然可以呀，种就是卖的，现在我们集源的不少村庄就有，不过要等到金秋时节。”他眼睛中闪烁着美好的向往。当他得知我们第一次来徒步，主动为我们当向导，原来他是集源村的“村官”曹副书记，一路洋溢着山里人的热情好客。

“山村三月柳风和，堤畔东君染绿莎。最是令人难舍去，粉墙黛瓦映清波。”翻过一个山头，只见山对面一幢幢白色民居，层层叠叠，参差不齐，倒映在村中的水塘里，平添几分惊艳。曹书记介绍说：“那是林家自然村”。蓦然，让我一种莫名的激动，想起去年游舟山群岛时，在轮船上看东福岛上的一层层石屋，当地渔民称之为“海上布达拉宫”，而我面前的不就是“深山里的布达拉宫”吗？就是它！古人依山傍水而居，这民居背靠青山，面对是雾海茫茫，恰如海上波涛翻转。天晴时，竹木葱茏，山峦叠翠，云蒸霞蔚，恍如仙境，大自然氤氲出一份鲜活的灵动……谁能说这山还是山呢？分明是千年云游雾绕，分明是一朵酷似山民思维的花朵。如果人间有天堂，也不过如此。“此景只应天上有，人间能得几回见”，也只有“七仙女”下凡才配住在这里，住在这秀美古拙的“布达拉宫”。

“一座座青山紧相连，一朵朵白云绕山间。”终于，我们又登上一座山巅，人人汗流浃背。离阳光近了，一阵山风吹来，格外凉爽，心旷神怡。只见远处山峦被云雾吞没，又见层层峰峦如沐浴的少女，脉脉含情，若隐若现，我们被迷雾笼罩着，真是“云深不知处，只在此山中”。过一会，又只见朵朵白云飘来，我们可以抚摸。哦，面朝阳光，伸手笑颜，彼时当年少，莫负好春光，人生本该如此，让生命立于一道最美的风景。

“乡间雨霁净无尘，古道逶迤绕翠筠。踏遍青山行已倦，何妨小坐看浮云。”正如韩教授诗云。歇息片刻后，我们又翻过一座山，随着石阶古道，走入一道深深的山谷。只见一幢幢古色古香的民居，横七竖八散落在两边的山腰，而家家的水笼头都不关，哗哗流着。“蝉噪林逾静，鸟鸣山更幽”，我急忙上前关上，门内走出一位老乡摇摇手说：“这是山泉水，不用关。”这时，我们才发现一条小溪从山上而下，穿过卵石，漫过草丛，顺山涧而下，唱着一首欢快的歌“泉水叮咚，泉水叮咚响，穿过村庄，流向远方……”而一根根竹筒将溪水接进户户村民的家中，我掬上一捧溪水，一仰而尽，顿觉肺腑清甜，真是一个好地方。问过老乡，方知此村叫——罗源。这让我想起王籍《入若耶溪》的下句：“此地动归念，长年悲倦游。”我住过的不少山中民宿，打造痕迹过重，不如这里的天然景致，若能将此民居改建成一幢幢民宿，内部装饰得现代方便些，定能引来宾客盈门。尤其是炎炎夏日或凉爽金秋乃胜地，听泉水叮咚，鸟唱虫鸣，让山风按摩，吃农家菜，品高山茶，也不枉此生人间走一回。我这一构想得到大家们交口赞同，“就叫等你千年的罗源吧！”笑声在山谷里轰鸣回荡，群山侧耳聆听。

一座古祠堂前出现我们面前，好客的老乡主动介绍这是陈氏宗祠。这分明是“罗源”村呀？问过才知，原来最早迁居于此的是罗氏，因山清水秀，兴田的陈氏蜂拥而至，支脉发展很快，并建起了祠堂，但他们尊重开拓者，仍保留了

“罗源”的村名。一幢幢古民居，斑驳的砖墙，留下百年风雨的痕迹，韩晓光教授又发感慨云：“雪雨风霜掩旧痕，乡愁缕缕系山村。欣逢盛世兴桑梓，重振家园待后昆。”据说仙人吕洞宾曾到此一游，留有脚印，还称“仙源”。这引起阿白的极大兴趣，拟改日组队前来考古，说不定是考古界2019年的一大发现。

我们在崎岖古道上攀登，我们在云雾山中穿行。古道，是一条岁月沧桑的彩带，在光阴的云雾中时隐时现，串起金竹山、樊家、中源、罗源、奚家、林家和凌新七个古老的自然村落，我以为，那是牵着“美丽的七仙女”款款走来，从古至今，大山就是她们的T台。而当下人世间城市太多的喧嚣，不少的旅游地又早已被商业化的叫卖声充斥。“芝兰生于幽林，不以无人而不芳”。只有“七仙女”静静地坚守在大山深处，古老的故事、淳朴的山民、古拙的村居，处处散发着原生的状态与气息……这是为数不多的处女地，最后的一方净土，让人们找到久远的乡愁，梦里老家，格外亲切。那秋天柿子是她红红的脸蛋，春天的茶园嫩芽是她的长裙，长年的云雾是她的纱巾……她是大山的女儿，淳朴而又有些野性，对于母亲与大地的情愫，真正是水乳相融，让人对于山水，有了一种与生俱来的虔敬。此刻，我只觉得情不自禁地赞叹生命的倔强，人和山水，有的是“相看两不厌”的精彩。

“岁月无声似水流，年年祈盼庆丰收。田家亦有田家乐，晒罢春来又晒秋。”当我们走进凌新村，面前是一片晒春的盛景，这是一次“山货”的展览，绿的是新茶，褚色是笋干，红的是辣椒……五彩缤纷，吸引着我们驻足，这是大自然的慷慨、山野的馈赠，一阵阵香味扑鼻而来。该与曹书记握手告别了，我们依依不舍即将离开集源地界，却见一块偌大岩石上，写着六个红色大字“美丽乡村集源”，看得出很有书法功底，我好奇地问是请哪位书法家写的。不想曹书记却告诉我们是一个贫困户写的，这令我心中一阵感慨：贫穷并不能阻碍一个人对艺术的追求，对美好的向往，这不正是古老山村的希望吗？

都说，旅行是心灵的阅读，而阅读是心灵的旅行。我想，有些人，有些地方，一旦遇见，便一眼万年；有些心动，一旦上路，便覆水难收。阿白也诗兴大发：“但愿日日游深山，卧云听风做神仙。”集源，洒落在大山中的明珠，藏在深闺，未经打磨，更未经污染，如陶渊明笔下的世外桃源。我的行囊实在装不下你太多的故事与传说。我们在山中跟随快乐穿行，也许走了弯路，但是多了风景，无论如何，感谢古道，感谢经历。

“山有木兮卿有意，昨夜星辰恰似你。”我敢说，将有更多的人们来看你，读大山的美景，品乡村闲逸，享受人生，看金竹山中“七仙女”！看你的美丽，看你的纯洁，看你的飘逸……

写于2019年4月16日夜

唐英诗里读景德

——读韩晓光《唐英咏景德镇诗歌注析》

夏夜，读韩晓光先生的《唐英咏景德镇诗歌注析》，让我穿过朦胧的夜色，行走在古镇清时的诗意之中。那一行行诗句，如斑驳的幽弄深巷，又如流动千年的昌江；那字字珠玑，像夏雨落在葱绿的竹林，晶莹剔透，淋湿了古镇千年，晕开了昌南意象……

景德是一首诗，景德是一本诗，景德是一本厚重的诗。一个旗人，一位督陶官唐英在古镇写下洋洋洒洒的诗行，让人感受到不一样的诗中古镇，不一样的瓷上山川。数百年来，带领着浩浩荡荡的人们穿过岁月的隧道，读景德……

“唐英不仅是一位成就卓著的督陶官，还是一位才华横溢的诗人。”景德，是诗人心里的一个结，唐英与景德镇有关的诗作，承载着寄托着诗人的深沉历史感与文化情怀。曾阅过唐英自选集《陶人心语》，该集收入了诗人的七百多首诗作，大多为五言律诗、五言绝句和七言律诗、七言绝句。而晓光兄的《唐英咏景德镇诗歌注析》，精选了唐英与景德镇有关的七十五首诗，分类为榷陶述志、山川记游、酬唱寄情、览胜抒怀，并对每一首诗进行了注析，更便于人们阅读与理解，让更多的人了解唐英，从诗的小径走进诗人的内心世界，也走进数百年前的古镇景德。

唐英自雍正六年 47 岁时到景德镇协理窑务，至乾隆二十一年 75 岁去世为止，中间除有两年半在广州粤海关任职外，无论任职淮安、九江钞关，都兼领窑务。可以说，他的后半生是在窑冶事业中度过的。他对陶瓷结缘至深，榷陶述志，在其诗文中占了极为重要的位置与较大篇幅，并自命名为《陶人心语》。《注析》中收入的《仲春珠山陶署即事》、《深秋于役浮梁道中即事》、《秋巡窑厂道中口占驰星诸同事》……这些诗的字里行间洋溢着他对督陶生涯、对景德镇的一往情深，如别林斯基赞美普希金的诗“它整个浸透着现实，它没有给生活的面貌涂上脂粉，它只是把生活本能的、真实的美显示出来”。诗中“陶渔成宦隐，须鬓任年华”是他生活的写真，让人感受到他以半宦半隐督陶为乐，“一任须鬓斑白，年光流逝，不知老之将至。”

《论语·颜渊》篇曰：“君子以文会友，以友辅仁”。唐英在古镇督陶期间，与镇上许多陶者工匠、来往的文人墨客成为了好友，离别之情，难以言表。于是，托付于诗文，留下了许多酬唱寄情之作，如《送浮梁令沈怀清牧象州》、《昌江官廨送方泳亭之南昌》……记得钱锺书先生曾说，从六朝到清代，诗歌愈来愈变成社交的必需品，贺喜吊丧，迎来送往，都用得着，所谓牵率应酬。诚然，朋友之间诗文唱酬，应是赏心乐事。正合乎孔夫子的诗教："小子何莫学夫诗？诗可以兴，可以观，可以群，可以怨。迩之事父，远之事君，多识于鸟兽草木之名。"而让我想起现代诗可以观，可以怨，然而不可以兴，尤其不可以群。于是，有人言，"新诗的句子却要有累得半死，但恰恰又是一气呵成的感觉"，深沉可不是一起玩的。

像李杜们一样，唐英边游边诗。他的诗作中有大量的山川记游、览胜抒怀，如《丙寅小阳月昌江泛舟》、《冬日归自浮梁晚景即事》、《浮梁拜客》、《过杨家坞》、《村店啜茗》、《口占

一绝》……《注析》将此类分为山川记游、览胜抒怀。其实，这类诗作均借景生情，寄情于山水之间。我以为，生动、优美的写景句，往往渗透着诗人感情，很多其实就是在描绘作者自己心中的山水纵横，这样才能打动人心，引起读者的共鸣。欧阳修的《六一诗话》曾记录了词家梅圣俞的谈话："必能状难写之景如在目前，含不尽之意见于言外"。宋姜夔《白石道人诗话》中讲"景中有意"；元杨载《诗法家数》中讲"景中含意"。温庭筠的"鸡声茅店月，人迹板桥霜"，贾岛的"怪禽啼旷野，落日恐行人"，是写景也是写情，流溢着客旅的艰辛。"不在山岩即水涯，东篱三径尚浮家。陶潜未去重阳过，束带沉吟对菊花。"唐英这首《小阴月昌江客舍对菊》，看似写景，其实是借景托情，是诗人此时此刻内心的真实写照。

"山空霸月白，路仄笋舆迟。晚棹江摇火，孤村犬吠篱。"诗人像古镇上的一位画家，寥寥几笔勾勒出一幅山水画，"营构出一种清冷孤寂而又幽邃的审美情境。"而"遥怜孤馆黄昏雨，零落残红小院飞"，诗人写下"忆署中海棠"时，已调离了景德镇，回忆起自己督陶生涯，怀念之情油然而生，跃然纸上。音节的铿锵、驾驭语言的能力、形

象的逼真，正是唐英许多诗作的成功之处。正如《唐英集》的整理者张发颖先生所言，“唐英的诗作，多见景见物抒发感情之作。从思想内容上说，与他在当时受康熙皇帝所倡导的理学影响，多是表达对皇室的忠心，个人对纲常伦理的信念。从艺术特色来说，大概因为他没有汉人士子须经科举门径求仕的负担，故多为率尔通俗之作。教人感到见情见性，自然、朴素、真切。”

“真清真白阶前雪，奇富奇贫架上书。”唐英的山水诗，表情达意，平静、协调、真切，实际是诗人的一种人生观。诗人身处走向没落的清代官场，却闲静、澹泊，实属可贵难得。晓光兄在《风尘踪迹烟霞骨，陶榷头衔山水人》一文中，对唐英“宦隐于陶冶，宦隐于山水，宦隐于艺文”的情结作了较深地剖析，见解独到。“唐英在衔命远役，恪守榷职的同时精研陶冶，徜徉山水，寄情翰墨是他内心追求的人生选择，也是他远离政治旋涡，坚守心灵自由的一种生活方式，同时，也是深受中国传统文化浸淫的结果。”

读《唐英咏景德镇诗歌注析》，让人感觉是跟随着唐英的脚步，行走在清时的景德古镇。一起“仲春日登观音阁”、“游阳府废寺题壁”，或“春夜青溪泛月”、“小阳月昌江泛舟”；一起在“小斋春坐”、听“炎窗夜雨”，或“秋日书怀”、看“冬夜雨窗”；一起“闰春巡视窑工山行口占”、“重临镇厂”……一起“冬日巡视陶工”……“深秋巡视窑厂”……或在“珠山斗室独坐拨闷”，临“昌江官舍对菊”，或去“里村看花”，到“浮梁拜客”。阅读，是心灵的旅行。

读《注析》，让我想起少时，读《唐诗》、《宋词》、《元曲》，只是囫囵吞枣，记得有学者或作家曾说，看李白们边游边诗，好不惬意，绣口一吐便是半个盛唐大宋……海雨天风般的诗句，千百年后气势雄浑依然。然而，却是阅读让我与诗人们一起尽览大好风光，幼小的心在诗的节奏中跳跃。列夫·托尔斯泰曾说：“艺术感动人心的力量和性能就在于把个人从离群和孤单之中解放出来，就在于使个人与其他的人融合在一起。”而当我走近黄昏，翻开《注析》，翻开一本书，就是一个世界。通过阅读，与哲人交流，我觉得自己并不孤单，而且内心充盈，也留住了人生的春色明媚。

读《注析》，才知唐英从未走远，仿佛依稀看见诗人“庄生梦里翩翩蝶，环翠珠峰夜夜还”……

写于2019年5月3日夜

青阳　青花　青天

“碧玉妆成一树高，万条垂下绿丝绦”、“白发催人老，青阳逼岁除”，无论贺知章的喜悦还是孟浩然的忧愁，谁也无法堵住青色，从墙脚旮旯，从枯枝头，从天边探出头来，告诉人们，告诉世界，一个新季节的更迭，青色铺就，春天登场。岁岁年年，一个个朝代就是这样被更迭过去。千年过往，只有古镇景德留住了青，留住了碧，留住了春。

近读学者沈玮玮《青色蕴含的司法期待》，让我每遇假日，就按捺不住对青色的向往，与家人好友一次次走向田野，登上山峦，去感悟被青色泼洒写就的春天。据

书记载，青色，东汉刘熙《释名·释采帛》曰："青，生也，象物生时色也"，东汉王充《论衡、道虚篇》也称："物生也，色青，其熟也，色黄。"于是，早在先秦，春天就被称为"青阳"了。《尔雅·释天》称："春曰青阳"，郭璞注解："气青而温阳。"在《新华字典》里"青"是绿色，是东方之色，是茂盛，是年轻，还延伸可为宁静、清秀、高洁……而古人对青色的外延极广，绿、蓝、黑均可用青来表示。刘子芬《竹园陶说》释为："青色一种，常与蓝色相混。"清末许之衡在《饮流斋说瓷》中记载："古瓷尚青，凡绿也，蓝也，皆以青括之。"而古镇的元青花所用最早的青花料，为来自阿拉伯的"苏麻离青"。有学者研究认为，"苏麻离青"是英文的译音，意为蓝玻璃。

对青色的钟爱莫过于古镇景德。我们这个世界五彩缤

纷，而古镇只选择了青色，也就是选择了春色，选择了素洁。以一抹青花，醉了人间千年。可是，我不知道，古镇是从青色里走出来的，还是青色是从古镇长出来的。我以为，“青花是古镇几千年的表情，是陶人瓷工对自然的理解和崇敬，对世界的所有想象。青花是古镇景德的一个梦。”人们在青山绿水、青瓦白墙的江南，走不出这个开遍青花的古镇景德，俯身就能拾起浸满青色的唐诗宋词。在古镇的幽弄深巷里，总能看见，款款飘来一位青衣姑娘，走成一幅春天的画，于是，在人们的记忆中，古镇是属于春天的，总是生机勃勃。

其实，我们每个人都是从青色里走来，那是涂抹在人生扉页上最亮丽的风景。可是，时光飞逝，韶华不再，谁也经不起岁月的风霜，怎么也留不住一个“青”字。多少年后，人不禁回首，留恋青嫩的脸颊、青葱的时光；多少年后，青花容颜依旧，老去的是我们自己。于是，无论是大自然还是人类，都压抑不住对青色的向往，于是，古镇的陶人瓷工喜欢守岁时画上一抹青花，企望让青花留住岁月的青色。当我将除夕的夜色，研磨成岁末的青花料，涂抹在新年的坯胎之上，向春天出发，一只脚就跨进勃勃生机的“青阳”。守岁，其实就是等待，等待新春的那第一缕阳光，将“青色”烧就，固定在青春年少。

在中国文化中，色彩是人格化的。人们常常将自己的情感赋予色彩，以凸显自己心中的山水。青色，就是古人仕途上那一座座峰峦的春色。学者沈玮玮称，据史料记载，古时，青色大多是低阶官吏的服色所用，以九品到七品官员居多。北魏时定制五等官服，从高到低定为朱、紫、绯、绿、青；唐太宗时期则将七品至六品官员定为绿色，九品至八品定为青色。宋、元、明代将青绿色作为六品以下官员的公服色，到了清代，官服皆为石青色，不论品级。所以，清宫剧中便是满眼青色一片。走上仕途，谁都盼望着“青云直上”，谁都期待着皇帝的“垂青”。

也许是对青色的留恋，时至今日，每当召开隆重庄严的大会，参会人员要求着正装，大多为青色或黑色的服装。我曾在军队和政法诸部门工作，军人、警官、检察官、法官服装若按古人分类，皆可称之为青色，包括法袍。

青色，还是一种仰望，是老百姓头顶上那片天空。据考证，将黄色作为皇室专有颜色，作为皇权的象征，始于隋唐。最早，青色才是皇帝的专用色。汉代礼仪规定，凡皇帝亲笔诏书写在青纸上，必须先以紫泥封印，再用青色的囊包裹好。皇帝的卧榻也被称之为青蒲。从事检察工作时，一次下乡，曾听一位老先生说“苍天在上呵！”年轻的检察官一脸茫然。我曾读过作家陆天明写的长篇小说，后改编成一部热播的电视连续剧《苍天在上》，还看过德国也有一部译为同名的电影。有人或许不知，天，最早被古人称为“苍天”。《说文解字》中认为，“苍是草色也”，草为青色，苍也就有了青的含义。所以，“苍天”与“青天”同义，我以为，只是浓重有些偏黑的“青”色罢了。

于是，我想起了“包青天”，黑脸包公。正如沈玮玮所释，黑色在传统戏剧文化中，代表着正直，为了表现包公刚正不阿和铁面无私的形象，戏剧中的包公一直以黑脸示人。因为青色大多作为与老百姓接触的官员服饰，青色也被代表苍天，象征着至高无上的皇权，于是，“青天”就成为了“父母官”的称谓。有人说，老百姓们借用了作为自然化的“青天”，象征的公正透明之意，期望“父母官”代天执王法，秉公办事。同时，也借用了作为人格化的“青天”所代表的天罚，这就是百姓常说的“人在做，天在看”，期望“父母官”不要徇私枉法，否则必遭天谴。

一声“青天”，青色里又蕴含着百姓的多少期待。于是，在穿着青色服装，手持法槌的岁月里，我常常仰望，仰望那浩瀚的蓝天，扪心自问，我能得到百姓的“垂青”吗？

在御窑厂遗址上的断想……

秋夜。皓月当空，银辉若一席轻纱披在古镇肩头。走在御窑厂遗址，脚步轻轻，我怕惊醒地底下沉睡了数百年的光阴。“此去经年，应是良辰好景虚设，便纵有千种风情，更与谁人说？”柳永这首恋人分别后的感伤之词蹦出脑海。我想，用来追吊古镇御窑厂那逝去的辉煌似乎也很妥帖。

如果说古镇是一本书，御窑遗址就是布满沧桑的封面和这本书的灵魂。

据说，在漫长的岁月里，整个古镇老城的布局都是围绕着御窑厂进行，御窑遗址始终是这座城市的中心和地标。御窑厂那宫殿式的主厂房和两侧独具瓷业特色的坯房，当年

寓“皇帝统万民，奴婢奉主子”之意，而今瘦成了元明清几代帝王留在江南长长的背影，拖住了人们匆匆的脚步，也留住了久远的时光。御窑曾经“窑火冲天夜夜红”，一烧就是六百三十二年。直到1911年的辛亥革命，推翻了中国几千年的封建帝制，御窑厂柴尽火灭，烟消云散。今天却仍可感受到它穿过岁月，留下的灼灼温度，是否还有君王们淡淡的愁绪。

几个世纪日落日出，御窑厂的火光随“城头变换大王旗”，宋徽宗的天青、元代忽必烈的白、大明朱元璋的红、清王朝的斑斓。其实，退去皇袍的外衣，只见一轮明月在梦中。

清人赵翼评价明太祖朱元璋：盖明祖之性，实帝王、豪杰、盗贼兼而且也。古镇人则扩而论之说，豪杰与盗贼是皇帝这块硬币的两面。他们明抢暗偷，好好的一个“昌南镇”，是宋真宗利用皇帝职权，硬换上自己的年号——“景德”，窃为己有。元世祖忽必烈一时兴起，于至元十五年（1278 年），降旨在景德镇设浮梁瓷局，专门烧制皇宫用瓷，乃御窑厂的雏形。明洪武二年（1369 年），朱元璋为其父兄建造陵寝，在景德镇烧造祭器和琉璃瓦，在原浮梁瓷局的基础上建立了御器厂，世称洪武官窑。洪武三十五年（1402 年），朝廷在珠山建立御器厂，专烧御用瓷。清代，承袭明朝的制度，改御器厂为御窑厂，为“天下窑器之所聚”，使之成为中国烧造时间最长、规模最大、工艺最精湛的皇家窑厂。

而当我迈入御窑遗址博物的“陶瓷时光隧道”，不由屏住呼吸，凝神陶醉，恍然入梦。迎面遇见一个雄壮的御瓷军团——它们来自遥远的元代及明洪武、永乐、宣德、正统、成化、弘治、正德、嘉靖、万历……呵，你沉睡了多少岁月？千帆过尽，归来仍是少年！有幸没有错过你。感谢穿越，才有幸与你相遇，没有错过这千百年光阴沉淀的精彩，“相看两不厌，唯有古瓷片。”

于是，有人说，御窑将一段光阴的瓷片，在古镇的额头烙下一个美丽的胎记。而让我惊叹的是，这一段光阴也成就了一座神奇的山丘——珠山。

今天的人们，也许做梦也没想到“珠山并不是天然山体。经考古发掘表明，而是历代瓷片、窑渣等窑业垃圾堆积成的山头，最上层是清代瓷片，最下层是元末明初瓷片。现已出土一批绝世之作，不乏海内孤品，获得瓷器碎片竟有数十吨之多，若干亿片。”珠山，因此被人称为世界瓷业的珠穆朗玛。

然而，这确实是一个美丽的梦。古瓷片它所特有的朴素的色调，随意描绘而又不失沉稳庄重的气势，带给人来自远古的审美感悟与认识。那疏朗自然的片片积釉，那意趣横生的斑斑驳驳，那恣肆潇洒的釉滴流淌，恰似中国画大写意

的酣畅淋漓的泼洒，在雄浑蓊郁的气象中传达出一种质朴豪放、飘然物外的气韵。一位学者观后云：在它们身上所体现出的人的那份率意、松驰，那份发自内心的淡漠，生活深处所沉淀下的精巧等等，也许只能属于古人。此刻，梦里梦外我都无法收住思绪的缰绳。

“朦胧残梦里，犹自在辽西。”狼烟滚滚，遮天蔽日，太阳升起落下都充斥着血色。厮杀中改朝换代，血泊里易帜。还好有“明月出天山，苍茫云海间。”可是，“今夜月明人尽望，不知秋思落谁家。”当一轮明月当空，在红墙的层峦叠嶂中，在搏杀歇息间，才觉得人生需要意境，一股愁绪如案上的香炉，烟雾袅袅，帝王才感觉乏了累了。仰望苍穹，头顶上是家乡的那轮月亮吗？满目金银宝石令人昏眩，唯有来自江南小镇的陶瓷，洁白如玉，与月色交相辉映，这不就是心中那轮纯洁宁静的月亮吗？它送来泥土的芬芳与朴实，高高的殿堂或军中大帐，仿佛是家乡的山峦之上。此

刻，帝王回归为一个平凡的人，渴望内心的宁静，比常人更需要一种寄托，安顿那疲惫的灵魂。

于是，在那遥远的北方，那一个个不眠之夜，帝王梦临江南，点燃不再是狼烟，而是古镇满是油脂的松柴，用最质朴的高岭土揉捏一个梦，舒展有些僵硬的身躯，和那连绵的江山万里。昌南，昌江撒满圆圆渣饼的河滩上，就成了帝王们心中那一轮明月升起的地方。

古镇，自古群山环绕，安宁祥和，民风淳朴，人杰地灵，无疑是人间的一块圣洁之地。纵览千年，昌南从来“海纳百川”，才有“匠从八方来，器成天下走”。尤其“集天下窑炉之大成”，这正符合帝王们的胸襟和一统天下、俯视八方的雄才大略，因而被一代代帝王青睐，钦定为皇家窑厂，一举登上陶瓷王国的峰巅。

是谁说过，一座城市若无厚重的文化与历史，就如同没有灵魂，再恢宏壮丽，也只不过一个空壳，或一杯白水，没有可回味的东西。只是让人路过。昌南因瓷而兴，成为景德。因为御窑，让天下窑场从此仰望。

御窑厂，自然具有皇家气派。坐落于古镇的核心街区，按皇家规格拉开规模。外围从东至中华路以西，南至珠山路以北，西至东司岭以东，北至风景路以南，占地数十公顷。御窑厂北有御司亭（今龙珠阁），中是大堂仪门；厂东有东辕门，自北向南有关帝庙、佑陶灵祠、风火仙祠；厂西有西辕门，设景德司署，称都司岭（今称东司岭），西南街口称公馆岭，驻监瓷官员。厂东是九江道，是巡守司监造署，真是文武衙门两边排，好不威武，南为御窑厂大门，对面设有照壁，过街为阜阳门。门南也有公馆，院内桂花树，每当八月挥洒出“阜阳门外桂飘香”的意境，香了半个古镇。

皇上贵为“真龙天子”，御窑厂内按“五龙穿珠御窑厂”布局，占地数十亩。厂房坐北朝南，最南端有一照墙，象征龙之舌，两旁旗杆各一根，似龙须两道。正中大道，一径青石平铺，中间微凸，两边塞砌鹅卵石，如龙鳞片片。由南往北数十步，有雄伟的两层木质牌坊，上雕祥龙图案，富丽堂皇。下有三道门，中间外有一对石鼓，这便是御窑厂的头门。饶州分府官署、风火神庙、佑陶灵祠、东辕门与西辕门。正中是御窑厂的仪门，器宇非凡。仪门两侧各有吹鼓楼一座，每日工匠上班，鼓乐齐鸣。内西南侧是生产瓷器的作坊。制坯的叫坯房，烧瓷器的窑叫窑房。御窑厂之北的珠山之巅是龙珠阁，曾为文人画家雅集之地。

正如著名作家胡辛所言，御窑厂的历史让“你不能不承认，帝王的意志、眼光、魄力和情趣主宰着一代代瓷的命运，浓烈地影响着濡染着一代代瓷的审美走向”，也左右了古镇的历史进程。

在御窑厂这块偌大的瓷坯上，古镇写就了《中国陶瓷史》最辉煌的一章。皇权下的御窑厂，集中了古镇上所有能工巧匠的智慧，也提炼了古镇陶瓷文化的精髓。同时，皇帝的支持促成了各地制瓷技术和工匠向古镇聚集，推动了瓷器走向顶峰。御窑厂，那并不高大的建筑却如一棵大树，昂扬的是皇家的威严与霸气，而镇上那一条条街道与幽弄深巷，就是阡陌纵横的根，吸取着各地民窑无穷尽的营养。根深叶茂，大树参天，硕果满枝，江南小镇“瓷行天下”，占领世界各大顶尖博物馆的显著位置，从而有“萨克森君主奥古斯特二世，用600名全副武装龙骑兵，交换151件康熙年制的瓷器”戏剧性的一幕。

哦，“明月装饰了你的窗子，你装饰了别人的梦。”

这里不是皇宫，却同样有残酷的淘汰，恰如皇权争斗。只是榔头起落，代替了刀光剑影，同样令人惊心动魄。为了维系天子的至高无上与唯一，众多瓷器精品中，只有一尊北上，迈进皇城红墙，其他若干“备胎”在督陶官等人众目睽睽的监督下，敲成碎片！那清脆的声音却显得格外刺耳。瓷工无言，岁月无声。多少高岭土，昌江水与松柴的火焰，随日月转动七十二道工序，不计成本地制作；多少瓷工的心血、

酸涩的汗水、熬红的眼睛，更有童宾壮举的无奈和“祭红釉”的悲剧传说，才换来众多人间瑰宝。每一件背后都是万千窑工的辛酸人生，却大都难逃被敲碎成瓷片，就地掩埋的命运。它们熬过了数不清的漫漫长夜，带着沧桑岁月留下的痕迹走到今天。不想，却成就了今天的文物，让后人有幸见证古镇的沧海桑田。

是呵，文物是一个美妙的梦。梦醒时刻，让今天的我们感动于古镇的昨天。因为，昨天让古镇变得伟岸和隆重起来。

御窑厂遗址，被古镇人称为风水宝地。在民国时期曾几经挪为他用，新中国成立后成为市政府的所在地。为保护御窑遗址，2002 年，市政府机关整体搬迁到工棚临时办公，为文物保护让路。2013 年，御窑厂被公布为“国家考古遗址公园”，后又被纳入“中国世界文化遗产预备名单”。我所居住的位置属保护范围之内，即将拆迁。在那段日子里，我一次次登上龙珠阁，俯瞰紧张施工中的市政府“一号工程”，难表依依不舍之情。“阁中帝子今何在？槛外长江空自流。”一代代帝王随着昌江水流去，月下御窑的茶席仍然扬着芬芳。

古陶瓷遗址，是陶人瓷工先辈们留给子孙的恩惠，而今天的保护，也是后人对非凡先人的承诺。是他们将生命中最澎湃的部分给了这座古镇，给了陶瓷，让我们感受先人智慧之美丽。纵然陶瓷史极少记载瓷工先人们的姓与名，难于在岁月中寻觅，但是，他们却因为陶瓷而永远绝代风华。

有人说，一个民族对历史了解有多深，则其对未来就看得有多远。古陶瓷以大自然作为关照人们心灵世界的一扇窗口，完全是对大自然精神意蕴的一种真实再现。而那一块块瓷片或由瓷片黏合起来的器物，带来了先辈瓷工的精神和气韵，架起一座通向远古世界的桥梁。今天，当你在遗址上，拾起一块瓷片，能听见远古的声音是那么的清晰悦耳。

“但愿我能送一轮明月给他。这是真正人格的馨香。”走在月下的御窑遗址上，蓦然，仿佛传来林清玄先生的声音。

这人世间有太多的珍贵，历代的帝王君主为什么偏偏不约而同选择了陶瓷，选择了景德镇瓷器？这是我和许多人心中始终不解的一个“天问”。月色在苍绿的草地镀上一层银光，松树林间仍有“知了”声声，古老的景德瓷，不就是悠悠岁月里，帝王梦中升起的那一轮明月吗？其实，这是一个民族对文化的认知与敬畏。我想，陶瓷如月，千百年辉映中华文明的浩浩长河。今夜，漫过这块土地的月色，也许是对昨天的深情抚摸！

呵，“千江有水千江月，万里无云万里天”……

古镇上的徽州身影

冰心先生曾言：“愿你的生命有够多的云翳，造成一个美丽的黄昏。”黄山脚下的徽州男子人生注定属于远方，多少年后，感激曾经拼命的自己，让回首有了力度，让生命有了厚度。

今天，而当古镇回眸千年，总有一群身着长衫的身影，优雅地穿梭在昌南的街巷，成为一道风景，让人无法不怦然心动。那就是从古徽州走来的男人，那是汤显祖的一句千古绝唱，“一生痴绝处，无梦到徽州。”

没有比脚更远的路，没有比人更高的山。古时，徽州陆路交通极为不便。因此，徽人常涉水而行。顺着新安江，东下经新安江、钱塘江，直奔杭州；而顺着阊江水道，祁门、浮梁，到达古镇。渡口的石板，总是上演离别与归来的轮回。

一汪碧水，冲出阊江的群山之门，成为昌江。昌江之南的古镇，叫昌南。东与古徽州的婺源县、休宁县相连，北与徽州祁门县接壤。我父亲十三岁时，私塾休学，因无乘船的盘缠，只有跟人翻山越岭，从黟县老家，徒步几天才来到古镇上当学徒。许多年后，终成归途。

“前世不修，生在徽州，十三四岁，往外一丢”。在徽州的传统中，生为男儿就该去闯天下，去吃苦、去创业、去奋斗，这是徽州人血脉中千百年来冲动的因子，徽州自古是一个移民高输出的地区。早在明代，天下的繁华都会以及山陬海隅、孤村僻壤，到处都有徽商身穿长衫、步履匆匆，为生计奔波的身影。徽商终成明清商界的一支劲旅，一个品牌。清代时期，古镇景德就出现了徽商成片聚居的街道里弄。

古徽州，就像一幅中国的水墨画。歙县、黟县、休宁、祁门、绩溪及婺源，如宣纸上落下六滴徽墨，晕染出黄山脚下最美的家园厚土。中国文化史上不可或缺的文房四宝，其最佳者皆出徽州，唐宋时就作为皇家贡物闻名天下。有人说，徽州最

中国，这是一个文化的中国、历史的中国、景观的中国，也是传统杂糅现代的中国。而在我眼中，徽州更像青山绿水间的牌坊，那优雅的身影，千百年耸立在我们民族的历史深处。

有人告诉我，那身影是徽商吃苦耐劳、勤俭节约的精神和重义轻利、以诚待客的商业道德。“无徽不成市”。都说徽商当年纵横天下、长袖善舞的经营之道，靠的不是黄金白银，而是徽商与生俱来的“诚信”。在“匠从八方来”的古镇，徽商带来市场的繁荣，与“八方工匠”一起将古镇推向了瓷国的巅峰。

徽州的女婿，陶瓷考古研究专家白光华指出，从清朝起到民国止，是徽州人在景德镇发展最鼎盛时期。当时景德镇有三帮：徽帮、都帮和杂帮，徽州人因为受过教育，知书达理，在文化上占有优势。他们开钱庄、药铺、茶行、米店，其中大姓如胡、舒、汪等徽人，生意做得都很大，曾任商会会长。徽州人抱团肯吃苦的创业精神，以及谦和好学的优雅风范，在这座城市留下了好口碑。于是，有人说，古镇的市场从某种意义上就是“徽州商业”，“徽州人较长时间几乎垄

断了景德镇的整个商业和金融业。同时，徽商还控制了陶瓷原料的供应与陶瓷产品的销售，把持了陶瓷颜料的市场。”徽商称霸古镇的财富雄心，让人感到徽州的身影无处不在。

有人告诉我，那身影是古镇上的徽州书院或会馆飘出的书香。一百多年前，有位男子一袭长衫一双布鞋，拎着个提篮，穿过古镇闹市，回答熟人说“去买书。”他就是当时陶瓷艺术界的头面人物，“珠山八友”之一黟人王大凡，冬日的暖阳在青石板地上映出一个读书人优雅的身影。

“贾而好儒”是徽商一大特色。读书致仕永远是徽州人终其一生的精神追求。徽州古称新安，古镇上著名的“新安书院”是徽州会馆的别称。馆内有关帝殿、文昌宫和义醮祠，门外隔街有一座三十余平方米的戏台。1944 年，徽州商帮曾在此开设新安小学。现人民公园内的五凤阁及门前石狮就是从当年会馆移入，而新安书院的遗址成为了今天的市第一小学。徽州会馆南北两侧弄巷均称新安弄。在清代，除了徽州会馆之外，镇上还另有徽州属地的婺源会馆和祁门会馆。“随风潜入夜，润物细无声”，徽州文化年复一年悄然影响着古镇的文化再造。

还有人告诉我，那身影是蓝天下的青砖黛瓦马头墙，惊艳了千年时光。徽派建筑，是徽州的形象代言人。墙是白的，天是蓝的，瓦只是中间的一条地平线，其寓意白墙是心中的天，而天是远方的家。蓝天里高昂的马头墙，也叫望夫墙，既是丈夫出征的形象，也是高岭之上，妻子在盼望远方的归人。而那铜钱孔的天井，既是肥水不流外人田，更是徽州男人对故土的观念，取四海之财，富家乡热土。徽商用情感的归宿，树起林立的牌坊，刻满乡愁的砖雕木雕，留住漂泊的灵魂，成为徽派建筑的魅力与内涵，浸淫着华夏民族的情感，在世界上独领风骚。古镇，近距离地被“景观徽州”浸淫与冲击着。行走古镇，比比皆是的徽派建筑，让人仿佛就是置身于徽州故里。

更有人告诉我，那身影是一群徽州籍的陶瓷艺术大家，浩浩荡荡，行走在明清时期的古镇。程门、金品卿、王少维、汪章、俞子明、王大凡、毕伯涛、汪人沧、刘雨岑、何许人……“景德镇传统陶瓷绘画随着时代社会的发展，明清时代高度发达的徽州文化是相当重要的影响因素之一。诸如徽派建筑、徽州雕刻、徽派版画、新安画派对古镇陶瓷文化的发展起到了至关重要的作用。”李文跃、吴天麟等学者在《景德镇窑火和徽州文化》一文如是说。

是呵，明清两代，徽州文化取得了灿烂辉煌的成就，在思想、哲学、诗词和绘画等诸多领域，人才辈出，成绩斐然，陶行知、朱熹、胡适、戴震、詹天佑、黄宾虹、程大位、渐江、王茂荫、张小泉……藉此确立了徽州乃至安徽在明清时期中国文化发展中的强势地位，在近代中国文化史上的地位举足轻重，对景德镇陶瓷绘画产生了相当重大的影响。徽州籍的艺术家，在古镇陶瓷美术界，灿若群星，点亮明清的浩瀚夜空，至今辉映古镇的陶瓷史册。

时至今日，古镇大师云集。首席中国工艺美术大师王锡良，乃为徽州籍，其身后是一个有着多位陶瓷大师的家族。镇上人都说，王老谦卑低调，并不高大的身影，却是千年瓷都的文化高岭与艺术地标！人们看见，一身布衣布裤布鞋的王老，在岁月里闲庭信步，不疾不徐，缓缓前行，光阴将王老的身影拉得很长很长，长过了九十七个春秋，正跨越一个世纪的时光。

蓦然，我想起朱自清的名作《背影》，想起古镇上忙碌不停的身影。那一个个身影，是来自地北天南乃至大洋彼岸的人们，是这座移民城市的你、我、他，是已经渗透到古镇骨血中的一种精神，深刻影响着古镇的生活，并在潜移默化中塑造城市精神气质和社会风尚，将成为这座城市永远的记忆和基因，藏着未来的辉煌。

“问渠哪得清如许，为有源头活水来。”哦，多少来自远方的身影，像漫天星星映在岁月的昌江里，成就了古镇的千年美丽！

拜河

清晨，薄雾还披在古镇的肩头，古镇上的女人们就不约而同地肩扛扁担，一头挑着衣裳，一头挑着洗衣凳与蒲团，还有昨晚的风情，轻轻掩上家门，迈着急匆匆的碎步，走过青石板和窑砖头铺就的小巷，走下麻石条的台阶，很快到了铺满鹅卵石及细沙石的昌江河边。

洗衣凳按照早已形成的位置，沿着河畔，一字排开。晨曦中，铺开了一道亮丽的风景。古镇的一天，就这样在女人们洗衣棒槌起落的交响曲中，开始了……

在河水里洗衣，大多是一种姿势。洗衣凳上放个蒲团，女人跪在上面，腰劲手力都能恰到好处地发挥。于是，镇上女人们把洗衣称为“拜河”。她们说，更是对母亲河的一种虔诚。感谢她养育了一代又一代的古镇人，把昌江南边的小镇昌南，养育成了走向世界的景德。

千百年来，昌江水像日子缓缓地流动，这是古镇的母亲河。镇上人家都是饮用这条河水，至今的自来水也是取自河的上游，所以，自古以来，一辈辈勤劳的女子起早摸黑，洗衣时总是一个比一个起得早，她们说常常能从河里看到宋时景德的那轮月亮。

在古镇，女人被传统美德滋润着。她们说，也是在拜自己的丈夫。古时，古镇的瓷器靠昌江水运到世界各地。丈夫的船远去，她们跪在河边，望着遮天蔽日的风帆消失在天边，忘了手中的衣裳，随河水也漂走了。明天，她们会更早的起床洗衣，拜河，祈求河水早日将丈夫送回自己怀抱的港湾。

如今，自来水早已流进了家家户户。但古镇上还有许多女人仍喜欢一群群相约去“拜河”，这似乎成为他们的一种生活方式。她们认真地说，在河水里能看见高岭的身影，是那么的高大。镇上的男人大多是陶人瓷工，用高岭土揉捏着人生岁月，支撑着家庭。在古镇女人们眼里，丈夫就是她们心中的高岭，她们只是高岭下的村庄，种植着冬去春来。

她们说，其实也是在跪拜自己。都说女人是水，古镇的女人，就是身边的这条川流不息的昌江河。泥字少了三点水就不是泥字，制瓷的土没有水就成不了团，就成不了瓷，成不了大器。高岭土和昌江水揉捏在一起，才能让梦境可以触摸，才成就了千年景德。

洗衣的棒槌起落，在昌江畔有节奏的鸣响，有时像悠扬的抒情曲，有时如暴风骤雨般的打击乐，镇上人说从中往往能听出，谁在悄悄诉说对丈夫的思念，说着只能说给河水听的情话，昌江是她梦中的情人；谁在说婆婆的慈爱、孩子的淘气，一个家的不容易，生活的琐事与家常的愉悦，与昌江一起分享；也能听出谁昨晚与丈夫闹了别扭，闷气地将棒槌打得特别有力，释放着一种解恨、一种发泄。衣裳洗完，女人信心情也好了，哼起了小曲，好听的声音随江水传得很远很远，日子又丰盈起来，小巷又响起她们欢快的脚步声，还有女人们爽朗的笑声。

哦！太阳公公起床了，笑盈盈的，把女人的身影拉得很长，很长……

古镇烟火味　最抚“景漂”心

“汤饼一杯银线乱，蒌蒿如箸玉簪横。”线条纵横，缠缠绕绕，白绿相间，十分悦目，闻之清香，食之滑润，一碗西北的面条，宛如国画家姜云曦的画作一样艺术，充盈着黄庭坚的诗意。都说“出门的饺子进门面”，亲人远行归来，结束离别之苦，捧上一碗热腾腾的面条，从此，长长久久伴随身边。这是北方民间习俗，像冰天雪地中，远远望见家园升起的袅袅炊烟，温暖过多少岁月。

这是一间偌大的工作室，古拙而简洁，画作琳琅满目，国画或工笔或泼墨，瓷画或青花或斗彩，或瓷瓶或瓷板，大件的花瓶插着一束束芒花，作品多是北国风光，茫茫大雪中的群山、飞翔的鸟雀与昂然的青松……那一根根苍劲有力的线条，缠缠绕绕，将秋日江南绕进千沟万壑、风雪大漠的古丝绸之路，缠入了那大自然的各种褶皱拼色与连绵起伏的辽阔陇上高原，让人感受金戈铁马、风雪边关之壮美。还有画面透出的那一种豪放，我以为只能属于这位西北汉子。

是谁说过，唯有艺术与美食不可辜负。我悠闲安坐，享受着面条散发出袅袅热气，热烈地涌入鼻腔，浅浅的烟火味，这是无法抵御的诱惑。让我想起曾去过的台北国立故宫博物院旁的晶华餐厅，碗中面条和瓷上的线条，就像很难确定晶华餐桌上的小白菜，

而不是展厅里精雕细琢的玉白菜。有时，艺术与美食会让人顿觉茫然。

我一直以为，线条是属于陶瓷的，是诗与远方，是人间的清欢。陶瓷很中国，线条很中国。只有在中国人眼中，纷繁的世界能精简成线条，中国书画乃至许多艺术都注重线条组合。瘦金体细细的线条让人记住了宋徽宗，王羲之用线条将《兰亭序》写成了不朽，吴冠中将线条绕成了最美江南。

甘肃会宁，当年中央红军与红四方面军会师地。古镇景德，当年“集天下名窑之大成”。姜云曦用脚步将两地连在一起，那一根弯弯曲曲的线条，穿越了大半个中国，成为他年过半百人生一条新的起跑线。陕西政林春画院副院长、国家一

级美术师、国家工商联授予的“西部十佳骄子”，《人民日报》等媒体推介等等，都被这条线画为过往与曾经。背上行囊是梦想，手上携妻带女，义无反顾，挥师南下，直指古镇，只为在瓷上留下人生永恒的线条，只为遇见更好的自己。

“夜夜孤灯亮，时时月影长。红尘身是客，不敢耗时光。”然而，勤奋的西北汉子并不了解陶瓷，像所有的景漂艺术家一样，从宣纸到陶瓷的转变并不易，釉料的掌握、色彩的变化、开窑后的失败让他始料不及，也许是水土不服，也许陶瓷有太多的奥秘。西北人却从不缺少倔强与虚心，好学的他赢得诸多镇巴佬同仁指点，失败的尽头是成功，终于他夺得千峰翠色来，窑火映红一张历尽沧桑的脸。然而，最大忧虑随秋天而来，小女入学摆在眼前。自古以来，老家会宁十分重视教育，该县是西北赫赫有名的“状元县”，2019年这个小县居然有十多人考入清华北大。公司董事长王晓明得知后，四处奔波，让其女上了本市一流的小学，现在女儿成绩在学校名列前茅。会宁的后代，在古镇这块爱的沃土中茁壮成长。

古镇烟火味，最抚“景漂”心。幽弄深巷的锅盖，打开一个个热腾腾的早晨。姜云曦于古镇延续寻常烟火生活，将温馨与感动沉淀在心中，在线条编织的瓷上世界里漫步，思路泉涌，作品频出。

当大幅工笔画《集市》横空出世，并在全国获奖，让我震撼之余，不禁问作者姜云曦，也问自己，何为清欢？何为烟火？画面上那浓浓的烟火味笼罩着每一个观者。男女老少，密密麻麻，二百多个人物，卖菜的、做大饼的、吃豆腐脑的……造型生动、形态各异、趣味横生，充满生活的情趣，板车、自行车、三轮车拥挤其中，将一个北方的喧嚣早市表现得如此淋漓尽致，活灵活现，让观者如临其境。这一切都靠线条勾勒组合而成，这不仅是作者的眼光与线条功底，更多的是对生活爱的深沉。是呵，有烟火的生活，才是人们向往的幸福的生活，那一根根的线条才有价值与魅力。

于是，我仿佛懂得，线条的另一半，是最具人间烟火的味道。我想起在那读过一篇关于艺术的精彩短文，文中说读过张爱玲的散文《谈吃与画饼充饥》，里面多是颇具烟火气息的小吃，高傲孤绝的她也有着童年快乐的记忆；让人想起陈师曾的《北京风俗图》，开创了市井生活入画的近代美术先河。据称，陈师曾的这一美术实践受益于“趣味主义”美术思想的提出者梁启超。记得梁启超曾说，我虽不敢说趣味便是生活，但敢说没趣便不成生活。所以，没有生活与趣味便不成美术和美，如果画家是个没趣之人，便不能发现生活之趣味，不能在世俗生活中发现美创造美，便不能得美术之趣味。而姜云曦恰恰是个有着生活情趣之人，如一碗刚出锅的面条，热气腾腾。

又一秋夜。我们温一壶乡愁，将往事喝个够，煮一碗面条，任岁月长纵横。景普话对西北腔，交谈撞击，喝茶谈画，品酒对诗，食一碗人间烟火，饮几杯人生起落，任时光流过，流出美的弧线，好一个雅集。而对于我这俗人一枚而言，“景漂”真好，给古镇漂来了艺术，还漂来了远方的美味清香。

窗外，夜色渐浓，灯火渐稀。然而，即使你独上西楼，也不再是孤灯自赏，总有几盏与我们一起亮到黎明。因为灯下之人和你一样在为梦奋斗着，心有灵犀，不需预约，这是朋友间互相陪伴的烟火味。其实，我们每个人抛却负责的社会职业身份，最需要的不过是那一缕烟火气，享受那一份无以言表的温馨感觉。

哦，千年景德，艺术古镇，一半烟火，一半清欢。景漂人遇见艺术的梦境，故园的温馨。“此心安处是吾乡”，姜云曦如是说。而我告诉他，其实“景漂”就是多少年前我们的先辈或自己的模样。

“面条来啦！”一声粗犷的西北吆喝，如黄河纤夫的号子，那声音在空气中的波纹线条，让我们在江南，在古镇，感受到黄土高原、雍凉之地的苍茫壮美，人间烟火之暖，让千山万水并不远……

这个初春，重读《边城》，感悟古镇

从没想过，刚跨入2020年，喧嚣的城市顷刻间变得寂静，仿佛一步回到了宋时古镇。新冠病毒的猖獗使得部分省市封路封城，封停了人们的脚步，鼠年成鼠，躲进角落，窥视着这个多变的世界，泛出一阵阵忧思。想起沈从文先生曾说“人就是这样子，自己造囚笼，关着自己。”于是，重读先生的《边城》，呼吸久违的湘西清新空气，也好。

翻开《边城》，就是聆听一首清澈美丽但又有些哀婉的田园牧歌。小说以兼具抒情诗和小品文的优美笔触，描绘了湘西地区特有的风土人情，为善良朴实的人格美，为人类的大爱做了恰如其分的展示，让人感受到一种久违的自然、优美、健康的人性，那种如大自然本身一样凝重、明慧而又本色真实的人生形式。

翻开《边城》，宛如一幅年代久远古朴的画在徐徐展开。木制的吊脚楼、摇曳的红灯笼、潮湿的青石板、窄窄的渡船、亭亭的白塔，还有那升起在旧村庄上的袅袅炊烟，让人觉得这俨然是久违的“梦里老家”。沈老先生这部代表作的背景是20世纪30年代地处川湘交界名为茶峒的边城古镇。

其实，这次疫情的重灾区——武汉，也是“镇上人家”，俗称武汉三镇，是由汉口、汉阳、武昌这三地组合而成。明末清初，汉口与景德镇、广东佛山、河南朱仙镇同称为天下“四大名镇”。后因人为的造城运动，才成为今天的大江大河大武汉。

然而，在大自然面前，人类尚显得渺小，武汉之大并非强大。都说，世界上最大的是海洋，比海洋更宽广是天空，比天空更宽广的是人心。而这次疫情的发生，恰恰说明人对生灵万物缺少宽广胸怀与包容，人心太大与傲慢，梦想主宰这个世界，确实自不量力。一位现代生物学家曾告诫，人类是作为绿色植物的客人生活在地球上的。周国平则言：“我们应该懂得感谢和尊重主人，做一个有教养的客人，这可能是人对自然最恰当的态度。”对于已生存了亿万年的地球来说，人类只是后来者，诚然是这个地球的客人。人类对地球认识仍然粗浅，并未强大到可以成为主宰者。狂妄自大，是要付出代价，也许这场疫情就是一次报复。“天道有轮回，苍天饶过谁。”

读《边城》，思绪的春草陡然疯长，在脚下这片土地蔓延。景德古镇，无疑是一座“边城”。幽深的小巷，斑驳的窑砖墙，四合院的坯房驮着夕阳。从御窑遗址上挖掘的旧时光，那高耸的龙珠阁在昭示着自己皇族高贵的血统，也讲述古镇千年的古老。那弯曲的小巷像时光老人手中的针线，缝

起一本线装书，块状的石板是光阴洒下的碎片，用横七竖八的蝌蚪文，写着大宋三百多年的盛衰。古镇，铺开就是一块瓷坯，捏拢就是一团白泥。三宝瓷谷中，挑坯而过的陶人，穿梭的独轮车，昌江边上，陶舍重重倚岸开，舟帆日日蔽江来……景德古镇，同样是一幅具有瓷都特色的江南山水画卷。

“胜绝，愁亦绝，此情谁共说。”

有人说，这次疫情是社会的一次急刹车，让人停下脚步思考，等一等自己的灵魂。是呵，当这个世界盲目地扩张拓界，城市按入一种模式，高楼林立，草地绿洲，大路车流，喧嚣不绝。而古镇还沉浸在景德年间，还在古老的小巷转悠，还在将窑柴燃烧千年之梦，还在修复残墙断壁，还在泥土揉搓岁月，还在转动脚下的辘辘车，还在清泉推动水碓粉碎瓷石，还在传承被抛弃的古老手工，还在修补残缺的古瓷片……有人说，古镇与眼下这繁华年代有些脱节。难道你被抛弃了吗？你被淘汰了吗？你落后了吗？可是，我问苍穹，何处是文化的故乡，何地是精神的驿站？何为初心，何为来时路？《边城》你能否告诉我？

在这个初春的非常时期，重读《边城》，也许不只是为了打发时光，我忍不住被书中半个多世纪前一群未被近代文明污染的善良人所感动。他们保持着昔日宁静和谐的生活环境与淳朴勤俭的古老民风，先生在努力建构一个充满自然人性的世外桃源，创造的人物闪烁着人性中率真、美丽、虔诚的一面，书中的人物无疑就是人性美的代表。

这场疫情中，一方有难，八方支援，彰显出一个民族的凝聚力。浩浩荡荡的逆行者，“冒着敌人的炮火前进”，赶向武汉三镇，“用我们的血肉筑起新的长城”，像黄继光扑向枪口，与病毒以命相搏。我们看不清他们戴着口罩的脸庞，只有那一双双眼睛却闪着人性的光辉与高贵。然而，灾难是一面照妖镜，照出一些人的灵魂、人的境界，这场疫情中暴露的丑恶让人多一份沉重，病毒变异，人性也变异了。是呵，在《边城》里，纵使青山妩媚，哪怕绿水逶迤，也终于逃不开尘世浮华的侵染。罗曼·罗兰说，“这个世界只有一种英雄主义，那就是认清了世界的真相之后，依然热爱它。”于是，我们看到一大批批高尚的人，关键时刻挺身而出，可称为民族之栋梁，支撑起社会的大厦，天才没有塌，地才没有陷，我们才能在宅居里多一份安逸。重塑人性之美，回归人性之善，谁是《边城》茶峒河上那位老船夫？谁才是现代人灵魂的摆渡人？

沈老先生在他《从文小说习作选·代序》中言：“这世界或有想在沙基或水面上建造崇楼杰阁的人，那可不是我。

我只想造希腊小庙。选山地作基础，用坚硬石头堆砌它。精致，结实，匀称，形体虽小而不纤巧，是我理想的建筑，这神庙里供奉的是‘人性’……”

沈老将他追求的精神家园一直称之为“希腊小庙”。我不知道先生是否到过希腊，只知他的“希腊小庙”象征着一种充满人性美和神性爱的精神空间，超越“世俗的心和眼”，散发着圣洁的光芒。这座“希腊小庙”中生活着那些被美化、被神性化的寻常女子，如萧萧、夭夭、翠翠，她们美丽、健康、朝气、生机盎然、自由和谐、朴素自然，她们就是“边城的人生形式”。

“希腊小庙”，令人神往。去年秋日，退休的我远涉重洋，飞越地中海，终于降落在希腊雅典。当我坐在爱琴海边，品一杯咖啡，桌上的烛光随海风摇曳。看落日让海水一寸寸变成深蓝，闪烁着古老文明之光。我贪婪地品味着异域的夜色，那是巴西咖啡豆现磨的纯正味道，那是圣托里尼岛的小巷，那是远处飘来的琴声如歌如泣……而当我沿着一级级石块砌成的台阶，登上闻名于世的希腊雅典卫城，步入守护雅典娜的神庙，仰望矗立于一片废墟中残存的石柱，倾听千年中片刻的从容……雅典卫城经历了千年风霜，仍散发出独特的魅力。

“相看似相识，脉脉不得语。”我站在城墙边，俯瞰整个雅典，寻找那梦中的“希腊小庙”，不想目光却穿过地中海，似乎看见湘西边城小镇河上的渡船，似乎看见古镇景德

那摇曳的旧时光，延伸着童年的幽弄深巷，一直到多少人梦中的家园小院……

有人说，沈从文是孤独的《边城》孤独的人。沈先生却说，和孤独交朋友，也很好。还有人说，孤独是思考的开始，是一个人的朝圣。那么，这次前所未有的封城禁足，则是一个民族的思考与朝圣。而我一个镇巴佬俗人，则只能体验古镇之孤独。在这个喧嚣躁动的社会里，在世俗的目光中，古镇显得有些孤独与另类。我敢说，这个世界并不缺像北京上海、纽约巴黎东京这样的大都市，而恰恰缺少雅典、景德这样的文化故乡，东西方文明的发源地或出发地，也缺少沈从文先生笔下的“边城”。我想，古镇，也许要的就是这份高贵的孤独。庄子言，独与天地精神往来，而叔本华则直言，要么孤独，要么庸俗。是的，古镇注定是这个世界上的孤品，独步天下，独一无二！他只是想留住大宋的雅致！向世界大声说：这里是景德！

今天，古镇正处于一个爬坡过坎的时刻。高岭，白泥，窑火。不是乡愁的道具，它是藏在我们血脉中的一根线，串起散落记忆的珠子，连接一个久远的梦。学者朱大可说："我们正处于文化危机的焦虑中，我们守望着文化的最后领地，我们正在为文化的修复而呐喊。文化复苏从每个人独立的反思开始。"我想，保护好古镇，不仅仅是保存好几条里弄深巷、几幢古老的建筑，而是为子孙保管好美好的记忆，保管和传承良好的家风、邻里关系、中华民族的优秀传统和陶瓷文明的精髓。去年，一个东方的声音震荡地中海及大西洋，习近平总书记说："让古老文明的智慧照鉴未来！"穿透时空，醍醐灌顶，精辟！

在这个封城宅居的日子，家是一座"围城"，走不出房门，更迈不出城门。古镇人只有沉浸在陶人的"静界"里，以瓷工的方式为武汉祈祷，也是为自己祈祷。每天的我，先泡上一壶茶，一边看一片片茶叶在玻璃壶中浮与沉，品味着这个不平常的春天，关注着抗击病毒战役的起伏；一边拿出画笔，蘸着春阳，在瓷板或瓷瓶上一笔一笔地勾勒着。我在画面填上"玻璃白"透明，填上古镇的"粉彩"，填上自己的念想，那是我眼中奔赴武汉的勇士，驾驮一朵朵祥云，飘过青山绿水，降临江城的白衣天使。我用玲珑点缀一片星空，那是古镇人关注出征勇士的眼睛，看东湖樱树花开，如火如荼；我用颜色釉画依然耸立的黄鹤楼，俯瞰大江东去；

我用青花料画瓷都儿女的明媚与妖娆，画春天的绚烂，那是雪后的高岭在等你，等待你凯旋归来……

“无言独上西楼，月如钩。寂寞梧桐深院锁清秋。”宅居不知春已至，阳台望远昌江近。岁岁年年，昌江水缓缓流淌，昼夜不停，流走了又一个冬天，流走了日日蔽江的风帆，流走了当年“四大码头”，流走了古老的浮桥，流走了河底的古瓷片……只有岸没有流走，宋时的明月没有流走，古镇人的梦没有流走。我知道，一根鱼竿永远钓不起童年甩向河中的渣饼，只为一种感觉、一种意境、一江风景。春日的阳光已在河面上撒落一片金银，远古的风又吹皱了一江碧水，吹进那一条条小巷，给小镇又增添几道深深的皱纹……

战“疫”时期，重读经典，不一样的心情，不一样的感悟。《边城》结尾，那座在暴风雨中倒下的白塔又重新建造起来了。一场暴风雨，我们失去了很多，也懂得了许多，生活仍在继续。人和万物的生命都只有一次，和睦相处，才能活出最好的自己，莫让美丽总忧愁。今年的春天来得也许晚了些，但已经在路上，终究还是会来的，正如梁漱溟先生所言：“世界是一天一天往好里去的。”

写于 2020 年 2 月 25 日

感悟窑砖

（一）

又一个春天来了。“少年把酒逢春色，今日逢春头已白。”人近暮年的我，不禁想起那儿时快乐的小巷，想起那温馨的窑砖杂院，想起那残留在窑砖上暖暖的窑温……往事已苍老，但这窑温将温暖我的后半生。

都说，昌南是窑人瓷工用光阴和窑砖一块块垒起来的，人称“窑砖里弄，烟火小镇”。岁岁年年，时光在那小巷里窑砖铺就的路面上、窑砖砌成的墙壁上，在那被窑火熏染留

下的深浅不一暗红的窑砖上，一笔笔添加着苔迹、雨渍、浊痕，一行行添加着岁月的记忆……古镇所特有的江南徽派建筑风格，尤其以窑砖为建筑材料，凸显典型的地域特色、独特的人文景观，举世无双，赢得世界的驻足与凝望，游人的惊叹常常划破小巷的宁静。

庄子曰："天地有大美而不言"。而窑砖始终是一位沉默寡言的老人，只是在幽弄深巷的皱纹中，很平静地袒露流逝的过往，就像来自的土地，拥有自己的深沉，耐得住千年的寂静，却盛满悠久的往事，等你细细品味……

我想，这才是昌南，才是景德，一片古意弥漫，很中国。

大概只有古镇能将岁月如此一层层折叠，砌就千百年陶瓷文化的厚重墙基，让这段历史变得可以用目光和手指触

摸。而这种触摸，让人感动于它的淳朴，它的沧桑，并因此想到了人生，悟出生命中的一些哲理，宽慰光阴里的沉沉浮浮。

（二）

“偶作飞鸟来此地，景德镇上望无余。俯看全境如焚火，三千炉灶一齐熏。充满天际成浓雾，喷烟不断转如轮，苍黄光彩凝画笔，朵朵化去作红云。”在十九世纪四十年代，美国诗人郎菲罗变为“飞鸟”，飞过高岭，飞越昌江，叩访景德，被满城的窑火惊叹不已，写下这首《景德镇》介绍给大洋彼岸。

古镇，自古沿河建窑，沿窑成市，“因窑而生，因瓷而盛”。瓷器是泥与火的艺术，也是窑的艺术。回望历史，智慧的窑工用窑砖砌建了龙窑、马蹄窑、蛋形窑等众多的柴窑，也称镇窑。一座座窑炉，孕育了多少泥坯成瓷、多少窑变的图腾演绎，也孕育了千年景德。窑砖也许不是主角，可是没有它哪来的古镇传奇。

都说，窑砖，朴实无华，没有瓷的光泽与通透，没有瓷的晶莹与温润，却有着岁月的朴拙厚重、时光的凹凸斑驳。城市记忆都凝结在大街小巷那些窑砖装订的建筑上，俨然是古镇过往光阴的胎记。

可是，现代人不知道，旧时烧瓷的窑膛并不是用耐火砖修成，却是普通的黏土砖。它们经过几十乃至上百次的窑火烧炼，完成了历史的使命，退出了镇窑的序列，被新的窑砖所代替；爆竹的硝烟中，新窑隆重落成，窑砖一代代接力，才有“窑火通明两岸红”而千年不熄……古镇的历史，就这样一茬又一茬地交接与续写着。

也许“生命中曾经有过的所有灿烂，终究都需要用寂寞来偿还”。被淘汰下来的旧窑砖，散落在窑房外，堆积如山，心中的窑温却久久难以冷却……告别了窑火的辉煌，远去青葱年华，还有窑工背褡的身影，与行走在岁月河边的许多人。“昨天所有的荣誉，已变成遥远的记忆……”

（三）

人生，也许就是一场场的告别。而告别的渡口，也许是人生又一次远航的起点。

“凡是过往，皆为序章”。生命中的昨天，在一池清水中只剩下背影，又有多少人能在路灯下耐心听你讲到天明的故事。绚烂之极归于平淡。时光磨砺的窑砖，离开火焰的舞台，选择了在寂静小巷延伸，选择在沉默中站起；砌墙建民居，铺路造码头，给古镇一份遮风挡雨的温暖，给世界一个华丽转身。记不起谁说过，岁月如梭演绎着它的更替，生命长河依然诠释着它的精彩。窑砖，不仅藏着窑炉的火焰，也延续着古镇的文脉，丰富着陶瓷文明的内涵，承载着厚重的历史，继续前行。

时至今日，“若驻足观察，古镇的街巷里弄古建筑多是废弃的窑砖头砌筑的清水砖头墙面，还不时发现有的窑砖上有戳印纹字。用景德镇窑炉拆下来的残损砖头所砌建筑的墙体，已经发现沿昌江河可上溯浮梁旧城，下至昌江区鱼山镇的五十多个里弄街道与村镇。”民俗专家白光华走遍古镇，写下了《窑砖戳印藏玄机》以上文字。另有人从窑砖墙上发现的符号，推测当年大概有两百多座柴窑。我以为远不止这个数字，当然，更没人知道有多少窑砖。但经有关部门普查，全市共有弄巷 353 条，而这些里弄以废弃窑砖砌建的，竟达百分之八十之多。

我想说，是窑砖站起了一座厚重的古镇。

今天仍可看到，被保留下来的窑砖小巷或民居，墙厚有尺二，高有三米左右，冬可御风保温，夏可遮荫生风，庇护着小镇的子孙后代生生不息。老人们说，炎炎酷暑，端坐在小巷高高的窑砖墙下，凉风嗖嗖，别有一番滋味；只见小巷深处，木板门上还残留半幅对联：“光阴匝地，千载墙头古韵存”，在等路人来对上联。哦，步入弯弯小巷，窑砖老屋，时空交错，恍惚间，一梦回千年。

古人云，无癖好者，谓无深情也。往事如风，柴窑已成为历史，只有几座样品在古窑博览区作为景点供人参观。应当感谢许建华、张瑞麟、乔生等众多的“镇巴佬摄影家”，为后人仰望昨天，留下了大量正在消失的窑砖建筑的珍贵资料。多年后，人们只能从窑砖上，寻找瓷釉浸染呈现的七彩色调，松柴的火焰流动的痕迹，感受暖暖的窑温……于是，不少来古镇的人，恋上收藏瓷片、收藏古拙的窑砖。其实，

就是想收藏昨天，收藏心中那团不熄窑火的念想，收藏自己的曾经。据传，曹雪芹收藏了一块五色石，青埂峰下那块补天剩下的石头，成全了他的一部千年不朽的《石头记》。在这个世界上，人类对走过的昨天，有一种与生俱来的虔敬，为昨天给今天的留存而感慨。而在城市的变迁中，昔日的雪泥、鸿爪总是弥足珍贵的，当高楼撑起今天的繁华，我们是否懂得收藏与珍惜。

（四）

岁月让你如此厚重，时光让你从喧嚣走向沉寂，我一直以为是写给窑砖的。老了，才知道这都是写给自己。其实，不管你是否意识到，每个古镇人都会走过一块窑砖的经历。你我都是一块窑砖。

我一直喜欢席慕容的《暮歌》："我喜欢将暮未暮的原野，我也喜欢将暮未暮的人生，在这时候，所有的故事都已成型。而结局尚未来临，我微笑地再作一次回首，寻找那颗曾彷徨凄楚的心。"人近暮年，我脱下法袍，走下高高的主审台，像一块窑砖，从窑火熊熊的舞台中央，回到幽深寂静的小巷。角色的转变，岁月的洗涤，让人懂得生命的精彩，总是从尘世的喧嚣中走向沉寂，拥有自己的一片平静夜空，沉浸于智利诗人聂鲁达的诗意《我喜欢你是寂静》："你就像黑夜，拥有寂静与群星，你的沉默就是星星的沉默，遥远而明亮。"

其实，今天的古镇人与窑砖，更多的是相看两不厌的精彩。生活在古镇，时光倒流，庄周梦蝶，物我两忘；常常分不清今日阳光宋时月，分不清我是瓷瓷是我，窑砖是我我是窑砖。那么，窑砖是什么？都说窑砖是古镇的脊梁，瓷都的载体。我以为，窑砖，是一个人在清空后重新出发的魅力，是告别与开始的渡口。窑砖，是与另一个自己在古镇相遇，是将暮未暮的人生勇气，是用生命拥抱这个世界的温度。

哦，窑砖不老。窑砖不会老！

真应该感谢岁月的风雨，将人生揉捏打磨成一块窑砖的坚实，将时光浓缩沉淀，让人细细解读，令人回味。前半生耸立为窑，“窑火如龙水似云”，泥坯成瓷彩虹来，只不过短短的百余次光阴；而后半生站立成墙，铺地为路，连起成巷，却挡住了百年风霜，穿过了千年春秋，承载了万人平坦前行。

记得三毛曾说，“我来不及认真地年轻，待明白过来时，只能选择认真地老去。”我想，“心若在，梦就在”。砌窑也好，铺路也行，砌墙也罢，这个世界我来过……而且丰盈，足矣！

写于 2018 年 3 月 6 日深夜

古镇，谁动了你的奶酪？

多年前，我曾站在珠江口，回望1840年，鸦片战争，硝烟滚滚，欧洲列强用大炮轰开了中国的大门，打响了侵略中国的第一枪。暮年，才知“在康乾盛世的末期，乾隆皇帝还沉浸在下江南的风花雪月中时，英国人先从制造业上打响了对华战争的第一枪。早在英国把鸦片贩卖到清朝之前，经济战就已经打响了。这一仗的战场，正是古代中国的看家行业——陶瓷业”。抗疫期间，读学者波音的《王朝的家底》，我孤零零站在古老的中渡口，沉思良久……

只怪高调的郑和，七下西洋，东方船队，乘风破浪，直挂云帆济沧海。满载的中国瓷，风靡欧洲，被称为“白色的金子”，让蓝眼睛惊鸿一瞥而不能

忘，他们渴望有一天也能是制造出东方的“假玉器”。然而，“路漫漫其修远兮”，屈原仿佛也是写给在泥与火中求索的欧洲人，他们忙活百年，却始终没能走出硝烟弥漫的窑道。上帝呵，何为中国瓷这块“奶酪”的配方？

18世纪60年代的一天早晨，英国人韦奇伍德撬开窑炉，

惊喜若狂，几乎不相信自己的眼睛，“这不就是魂牵梦绕的中国瓷吗？”英国乃至欧洲陶瓷业的新局面，一夜之间到来。当然，他只能暗自窃喜。他的外孙就是提出进化论学说的查尔斯·达尔文。波音戏说是“达尔文家族砸了景德镇的场子”。美国著名历史学家阿谢顿多年后指出，“十八世纪耶稣会士带回更多的中国技术资料并被采用，欧洲才生产出真正的瓷器。”

那么，古镇景德，是谁动了你的“奶酪”？耶稣会士又是谁？

时光记住了古时的中渡口码头，“雨过山头云气湿，

潮生渡口岸痕深。”南来的渡船，走下一个蓝眼睛高鼻子的洋人，登上昌江南岸，消失在古镇的烟雨迷漫之中。多少年后，有人问，难道那是一场没有硝烟战争的序曲？中渡口曾是一个人的“诺曼底”？

他叫佩里·昂特雷科莱，中文名殷弘绪，来自大洋彼岸“诺曼底”的法国，以牧师身份来到中国传教。康熙五十一年（1712 年），他肩负重任，走进古镇，深入坯房，出入窑厂，十个春秋，孤灯长夜，不忘初心，不辱使命。终于，他如愿以偿获取了中国瓷器的秘密。1716 年，一封记载着秘密的万言信，连同瓷器原材料样品，漂洋过海到了欧洲耶稣会奥日神父的手里。该信在《科学》杂志上发表，立刻轰动欧洲；1722 年，殷弘绪又发第二封信进行了补充，彻底破解了困扰欧洲千年的陶瓷谜团，中国瓷器从此秘密不再。

“但凭阑无语，烟花三月春愁。”回首千年，抱愧古镇。“天下窑器所聚”，海纳百川，博大包容，没有城墙，成就了景德在中国乃至世界的陶瓷峰巅地位。今天，当人们从经济学的角度看中国陶瓷史，殷弘绪到底是经济间谍，还是中西文明交流的使者已不重要。“只有当潮水退去的时候，才知道谁在裸泳。”解读殷弘绪现象，清理岁月的沙滩，可以清晰发现，景德镇乃至中国陶瓷业长期缺乏自我保护意识，缺乏专利的制度，注定就在不远处遭遇“滑铁卢”。

纵观欧洲乃至世界陶瓷史的阶梯，正如波音指出：“英国的瓷器技术能够从无到有，最终将称雄世界数百年的中国瓷器技术甩在身后，这其中的推手是专利制度。”所以，“如果没有对发明和发明人的专利保护，就不会有工业革命，就不会有大英帝国。英国陶瓷业的崛起，毫无疑问也得益于当时英国对技术创新的专利保护。”他山之石，可以攻玉。

历史告诉今天。假如当时景德镇乃至中国陶瓷业实行专利保护制度，又何来殷弘绪现象？《中国陶瓷史》乃至《世界陶瓷史》将重新改写。然而，没有岁月可回头，只留下“伤心千古，秦淮一片明月。”更令人伤心的是“谁动了我的奶酪”却不乏素材，恰如连续剧仍在前些年一集集上演，只是换了场景与主角。

“古镇不幸诗家幸”。工作之余，我客串了一回法律宣传员，创作了微电影剧本《孪生瓷画》。该剧素材就是我市一起发生在陶瓷创作中的“著作权权属、侵权纠纷案件”。几年前，原告孙某独立创作出陶瓷作品《春雪》，可是，不久发现在市场上有仿冒的《春雪》。“谁动了我的奶酪？”后才知是同行冯某，遂将其告上法庭。市中级法院经审理认定，被告未经原告许可，生产销售被控侵权产品的行为，侵犯了原告对《春雪》美术作品所享有的著作权，依法应当承担相应的民事责任。该案例“荣登”最高人民法院公布的“2012年中国法院知识产权司法保护50件典型案例”名单。我的拙作被景德镇电视台和市中级人民法院联合拍摄后，在全国法院微电影评比中脱颖而出，当最高人民法院推荐向全国法院系统展播时，我却笑口难开。“一切诉讼，均为不平之鸣”。

其时，此案并非个例。在曾经的一段时间里，古镇陶瓷市场“鱼龙混珠”，仿冒乱象丛生，“孪生兄弟”、“孪生姐妹”层出不穷，“谁动了我的奶酪？”惹起恼怒声一片。世人在问：景德何时成为孪生家族的母亲？孕育了一批抄作业的子孙。诚然只是少数人，却让这座历史文化名城斯文扫地。孟德斯鸠言：“在民法的慈母般的眼里，每一个个人就是这个国家。”长此以往，何为景德？“镇将不镇”！

在郑和下西洋的数百年后，我随最高法院的中国法官代表团，来到太洋彼岸，与美国加拿大法律界交流。我不是郑和，也不是陶人，只是一名法官，也许因为来自世界瓷都，被外国同行“高看一眼”，景德镇、陶瓷知识产权频频提及。我知道，知识产权保护已是一个世界性的法律课题。在中国文化中，最早也是最容易被世界所接受的是陶瓷文化，陶瓷知识产权自然倍受关注。是呵，地球另一边的人们仍在惦记着昨天东方“奶酪的味道”，他们期盼倾听今天古镇春暖花开的声音。

是呵，古镇你一路走来，那是越过冬日泥泞的铿锵脚步。2007 年，中国首个陶瓷知识产权信息中心落户景德镇。2013 年，国家知识产权局下发《关于加强陶瓷产业知识产权保护工作的意见》。2014 年，《景德镇市陶瓷知识产权保护管理规定》出台。2015 年，国家知识产权局设立中国景德镇（陶瓷）知识产权快速维权中心……尤其是每年的 4 月 26 日是世界知识产权日，如同植树节，让人们对知识产权的敬畏，像一颗种子在心中生根发芽，长成参天大树，迎来了“上安下顺，风清弊绝”。今年是第二十个世界知识产权日，主题是“为绿色未来而创新”。陶瓷来源于水、火、土，是人与自然最伟大的创造，是最有希望的绿色未来。镇上人深知，保护陶瓷知识产权，就是传承和创新中国文化，就是给古镇一个更加辉煌的明天。

世人看见，今天的古镇正甩开膀子建设“国家陶瓷文化传承创新试验区”，其实是一种回归，回归世界陶瓷舞台的中心。大海，那是古镇梦里一片蔚蓝色的畅想；而古镇的“奶酪”，对于大海永远是来自东方千年的诱惑……

写于 2020 年 4 月 11 日夜

任向明的梦中“小屋”

“你是我的天空，你是我的鸟巢，你就是我的小屋。小屋很小，只装得下艺术；小屋很大，能装得下梦的原野……”古镇景德，如公元前希腊的爱琴海边，河滩上有成群的艺术家漫步，珠山山麓，昌江岸边，幽弄深巷，众多本土和外来艺术家的工作室星罗棋布，或豪华，或雅致，或古拙，形态多样，别具一格。而任向明的画室显得有点寒酸、简陋，他称之为“小屋”。

我不知道，从山东到古镇的“小屋”究竟有多远？其实，只有一个梦的距离。任向明说，“我为了追梦，不远千里万里，是因为泥土的味道，还是窑火的神秘？”他想起萧红曾言“要去的地方，都是我们未曾谋面的故乡。”

“每个人来到这个世界上，都有自己的使命感。”读过周国平的《各自的朝圣路》，有过创作国画、壁画、玻璃刻画、室内设计的经历，有着厚重齐鲁文化的铺垫，任向明来了，带着他的陶瓷梦来了，孔雀东南飞，从孔孟之道的故乡——山东德州，来到陶瓷的景德镇。他望着一千年前宋时景德年间遗存的一段光阴，不由生出几分感慨。宋真宗已经走远，江山可以易主，艺术经典仍在这里传承发扬；而一个“德”字，让他又多了几分亲切感。在他眼里，古镇景德，是一片大森林，是一片浩瀚的海，是一片广袤的原野。于

是，他以“原野”为笔名。哦，瓷上天高“任”鸟飞，墨海浩瀚“任”鱼跃；是骡子是马，在辽阔的原野上遛一遛……

法国丹纳在《艺术哲学》说，“每一个人的内心深处，一定有一小块纯净之地，那是留给艺术的。如果灵魂需要栖息的话，那一定就是这里了，因为它需要美善的滋养。”任向明曾感慨言，没有哪座城市、哪里的工匠比古镇和景德人更配得上这两个字：“艺术”。在这个世界上，如果一定要有一块纯净之地，留给艺术，那就是古镇景德，我只想在这里有一间适合自己的小屋。古镇，可是当年的长安？我能否当一回白居易？“晚来天欲雪，能饮一杯无？”

昌南的南山山脉，蜿蜒起伏；古镇的母亲河昌江，日夜流淌。任向明艺术工作室，依山傍水，坐落在曙光瓷厂一幢破旧的车间厂房里，如鲁迅先生曰：“数年粮食，一屋图书”，偌大的画桌，满墙瓷画、国画和书籍，这都是他的精神食粮，小屋简陋却充实，弥漫着艺术的气息。他想“艺术是属于大自然的，他吸取的是天地之灵气，与豪华气派无关，大概就住在这接地气的小屋里。”任它“满城春色宫墙柳”，我自“独上西楼劝斜阳”。他一头扎进小屋，不声不响，不疾不徐，瓷上宣纸才是他广阔的天地、驰骋的原野。知非之年，少了许多功利，多了许多对生活的感悟，对艺术的追求。

都说，中国画是描写画家心意的艺术。任向明说，“一个人的艺术作品，其实，最后都是在写在画他自己”，如郑板桥画竹和六分半书，又如八大山人笔下的鸟，“天地间为之一寒”。有人说，徐悲鸿的画，让人读出男人的阳刚和实在的泥土味；刘海粟与其说他是在挥毫作画，还不如说他在扬眉吐气。对于任向明来说，画为何物？或许只是内心情愫的一种排遣，或许是梦的张扬。也许因为有中国画的扎实功底，也许因为在山东淄博创作过陶瓷壁画，对陶瓷原料应用打下的基础，任向明在瓷画创作上很快得心应手，瓷上“任”我行。他说，我是一团来自齐鲁大地的泥土，渴望在古镇揉、捏、镂、挤，穿过火的“原野”，在镇窑中淬火成瓷。

如果繁复是学者，简约是诗人，任向明当属于后者。他的瓷上与国画作品都极具唐宋推崇的文人画韵味，配上他自题的诗、题款的书法，都洋溢着唐宋的昂扬与朗润。我尤其喜欢他画的唐马“昭陵六骏”，那斑驳的色彩，那雍容华贵的姿态，出落得何等温文敦厚，又开阔俊爽，“马思边草拳毛动，雕盼青云睡眼开。”好像刚从唐大都长安城奔驰而来。徐悲鸿笔下的奔马，留白处，是西画中的光色变幻所致，而任向明的唐马，留白处却是计白当黑，无画处皆成妙境，奇趣乃出，“此处无声胜有声”，多了几分中国画的含蓄。任向明喜欢画梅，“墙头数枝梅，凌寒独自开。遥知不是雪，为有暗香来。”他笔下的梅花有唐末滕昌佑和宋人杨无咎的味道，但更有自己的“任”性，孤标雅韵，独具一格，疏密有度，倔强昂然。鲜明的个性风格，不拘一格的“任”性，让任向明在景德镇庞大的艺术家人群中显得格外醒目。

闲时，任向明“出去走走，心站在高处，像一只鸟，只闻花香，莫想忧愁。”一人背着画夹，边走边画。花鸟虫鱼、人文景观、小巷码头，甚至停放路边的摩托车，皆成为他笔下的精彩，无一不栩栩如生，呼之欲出。“采菊东南下，悠然见南山。”他的一幅写生《观菊图》妙趣横生，一束束鲜艳欲滴的菊花，一位历尽沧桑老人，形成鲜活的对比，竹椅、茶壶，老人品茶观菊，悠然自得，他配诗言：“南山绵雨吹天凉，归雁飞过莲花塘，浮梁县里采黄菊，萧瑟秋叶落昌江。”将古镇山水镶嵌其中，一派陶渊明的田园意境，也是任向明心底世界的真实写照。

宗白华先生说，“晋人向外发现了自然，向内发现了自己的深情。”任向明栖息古镇，一步步走进内心的欢喜。他“独与天地精神往来”，与陶瓷对话，与书画对话，与心中的自己对话。十个春秋，花开花又落，真的成为了“任居易”。他明悟古镇的包容与大气，那纯洁的高岭土是给自己的留白，给来自天南海北每一个热爱艺术的人留白，让他在白泥里遇见另一个自己。他画风在变中升华，无论瓷画还是国画，寥寥数笔，简洁大气，时有大面积的留白，他说，“留白之处，皆有画；留白给他人，也留白给自己。”很多人说，看任向明的作品，品味诗情画意，能让人沉浸于“庄周梦蝶，物我两忘”的美妙境界，让美一下子变得真切起来。是呵，当物和那个人连在一起，那个人就自然成为一个“人物”。

这个世界，总是在偷偷奖赏努力的人，一幅好的作品，也往往会悄悄暴露他的作者。好酒不怕巷子深，酒香引得蝴蝶来。于是，往日偏僻的角落不再宁静，小屋显得有些拥挤。很快有不少人拎着钱袋，七弯八拐，寻找到任向明工作室时，却在小屋门口留住了脚步：没有当今许多大师画室的气派，难以想象艺术之花竟开放在这简陋的角落。眼前是一个憨厚的山东大汉，没有时兴的光头或者长发的大师尊容，分明是刚从篮球场上下来的运动员，浑身洋溢着蓬勃向上的气息。也许这才是任向明，姓氏和骨子里都是这样的“任”性。

傍晚时分，忙碌了一天的他，从角落走出，从小屋走出，从墨海瓷上走出，遥望不远处的昌南南山山脉，此情此景，令人感悟颇多。悠然的南山与世无争，落日的余晖褪去了锋芒，山间的气息复归平淡，他一个人隐居的小屋，因改制有几分衰败的厂房，显得格外寂静，这样的空间赋予人一种诗意的生命状态。他疾步走回，一篇散文《小屋》从心底流出，“小屋，是我创作、栖息的地方，也是我做梦的地方，我用我的画笔，在小屋里编织着我童年的梦……”经景德镇电视台主持人殷红朗诵传播，这间不起眼的小屋，也因为任向明而高大明亮起来，激起不少人窥视的欲望，让人神往。

于是，不断有人找到小屋，来看任向明瓷上墨里创作，享受美的熏陶，不少人当即请求拜任向明为师，跟他学画。如一块渣饼漂过昌江，在水中泛起一道道涟漪，像雪后的鲁西北平原滚雪球，求学者越来越多。来自万世师表孔子之乡的任向明，他愿意把艺术的美传播给更多的人，让更多的人感受艺术的温度，有更多的“颜回”。简陋的小屋又变成了课堂，每周两次授课，小屋人满为患。“大自然才是我们的老师”，任向明经常带学生出去写生，感受大自然的魅力。陆续有不少学生学业有成，成立了自己的陶瓷艺术工作室，请老师题匾。每当此刻，任向明一边调侃地问着周围人，“写，还是不写？”一边一挥而就，笑得像个天真无邪的孩子。接着，带有鲁西北口音的京剧唱腔脱口而出，引吭高歌，“穿林海，跨雪原，气冲霄汉……”一以抒发他内心的豪情。他与学生们亦师亦友，就如古镇的氛围，外来的艺术家，如雨入湖，不分彼此。是啊，一花独放不是春，独木不成林，人生需求的最高层次是帮助他人，净化自我，才能领悟生命的真谛。

于是，他一发不可收，每一次应邀外出参加笔会，都有学生加入。上海、内蒙古、河南、安徽、山东……真可谓桃李满天下。任向明为了便于大家学习与交流，他组织了“墨之

缘”中国画学习群。每次上课时，他都同步在群里直播，“小屋”变成“大屋”，分散在全国各地的学生都走进这空间大课堂。今夜星光灿烂，可是孔老夫子从天上投来的羡慕目光？

“谁，醉春烟雨，大器飘逸；他，窑火中来，无暇透玉；你，名葩国色，沉韵伏笔；我，憧梦艰辛，一路寻觅。”景德镇电视台慕名走进了他的“小屋”，专访“景漂”艺术家的任向明，异地他乡的《最昌南》栏目平台，恰如家乡春日的麦田。他娓娓道来，言语朴实如泥，却诗意盎然，小屋里一地激情与明媚。“人，这一辈子都在登山。我是站在珠山之上，才看到了不一样的风景。”是这座千年古镇给了他底气和视野。

秋天来了，硕果累累。“美丽中国，魅力上海——世界华人中国画展”，在来自全球华人画家众多的投稿中，任向明的“秋山鸣泉图”一举入展；庐山白鹿洞书画院邀请全国画家以历代文人庐山诗意作画，任向明六幅作品入选，被庐山博物馆永久收藏。他先后被澳洲悉尼书画院、上海画院和上海华侨画院聘为特邀画家，他的画作被选为邮册，成为国家名片。这时，有人邀请他入伙，并帮他乔迁到富丽堂皇的工作室，可是，他觉得“象庄稼人穿着西装干活，甭谈多别扭”，没多久，又搬回了他的小屋，自在，随意，充实。他有了许多头衔：大师、院士、艺术家……然而，他说他还是任向明，来自中国景德镇。哦，“日啖荔枝三百颗，不辞长作岭南人。”

庚子初冬，任向明带学生在昌江大桥边写生，心若江水，涛涛不息，身在凡尘，无事不触于心。不禁似问非问，南去是大海吗？江水无言，流走了他古镇十载光阴，已是花甲之年，蓦然回首，感悟几许？青山不墨，流水无弦。一团白泥，自高岭而下，顺昌江逐流，行至古镇，抚摸沧桑，有彼岸可停靠，有港湾可歇息，心，有了归宿，身，不再漂泊，这便是昌南，这便是景德。人，何尝不是如此？

记得谁说过，一天一天光阴，三笔两笔涂抹，颇可消磨晨昏多余的时光，鲜活渐渐增添的生命年轮，可谓养心也。任向明喜欢“每晚，坐在小屋里，泡一杯茶，一边听着古典音乐，一边看着杯中的茶叶浮起沉下……”此刻，可阅天上地下，可览古往今来，亦可得些许感悟。记不起是哪一夜的瞬间，让他顿悟，在这个偌大的世界上，古镇不也是一间

“小屋”吗？因为陶瓷，他却是所有热爱艺术人们的精神家园，“小屋”的窑火如漫长黑夜里的灯光，从未熄灭，照亮多少陶人瓷工回家的路，温暖着在艺术的道路上日夜兼程的人们，照亮人类陶瓷文明的进程。

呵，“你是天空，也是鸟巢。”“你走下王位，站在我小屋门前……”泰戈尔深情吟诵的原来就是你呀，古镇！我“未曾谋面的故乡”，一间神奇而温暖的“小屋”，多少人在向你奔来……

写于 2020 年 11 月 17 日夜

高岭一场雪……

冬日的古镇，天空扬扬洒洒飘起了雪花。喧嚣的城市早已留不住一缕缕乡愁，也留不住那一片白，那一片晶莹。于是，我们匆匆赶往高岭，与一场冬雪相约。

高岭不远，只是千年。当我们气喘吁吁，登上山巅，果然，寒风烈烈，鹅毛大雪，从天而落……放眼望去，“雪粉华，舞梨花，再不见烟村四五家”，雪地里欢跳，打雪仗，滚雪球，又回童年；而一场冬雪，让我们瞬间共白头。高岭静默，似乎早已习惯用一颗平和的心，注目渐渐被覆盖的山路皱纹和沧桑岁月，注视着渐渐被银装素裹的绵绵山峦，世界本来就是这样美丽。

记起那天，和满头积雪的罗学正老师一起品茶聊天。他说，人到了一定的年龄，不知怎么，眼里总是闪现纯洁的雪地，看到的尽是别人的好、他人的优点。记得我曾拿一幅画请老师指教，老师连说“画得好，画得好！”品过茶后，好一会儿才说，你的字比画更好。我知道，实际上那时我刚学画，是老师在鼓励我。别人恰恰是一面镜子，已是白发苍苍的老师，看见的都是这个世界的纯洁美丽，其实，映射出的是老师他心底的宽容与善良。

“昔去花如雪，今来雪似花。”一阵疯闹之后，我端坐在先人坐过的岩石上，感受光阴留下的体温，仿佛时光穿越，梦回千年，在茫茫的雪地寻觅，“今我来思，雨雪霏霏”，寻思谁是高岭上的第一行脚印。此刻，看雪花飞舞，松林昂然，听山风过耳，清泉潺潺，让人心生欢喜，置身其中，无论多么浮躁的心情，都可以在瞬间归于平静。这是一种令人神往的境界，一直以来，我们都以为很遥远，没想到，它就在我们身边。“满地都是六便士，他却抬头看见了月亮。”我看见那晶莹剔透的雪地，看见那一汪山泉，看见老师那清澈如初的眼睛。

“夜深知雪重，时闻折竹声。”中午时分，高山之巅，已经一片白雪皑皑，仿佛走进了老师笔下的雪景画。与老师相识近半个世纪，仍记得第一次看老师画雪景，他在一张偌大的宣纸上，只简练画了几棵小树、一位古人牵着一匹马，后面是几个墨点，最后用淡墨勾勒了几笔，像是山的轮廓。俗话说，字画怕挂。当画挂在墙上的时候，大面积的留白处，在我们面前惊奇地出现的是茫茫雪原千里，那一串墨点原来是雪地里跋涉的脚印……老师不愧是六十年代景德镇陶瓷大学美术系的高材生。“青山原不老，为雪白头。绿水本无忧，因风皱面。”老师告诉我，其实，人也可以像画画一样的简单，以少胜多，欲望少了，人自然容易满足，内心安然而身体舒展。他说，每个人的童年也像一团洁白无瑕的雪，然而，在岁月中难免被涂抹上其他颜色，人老了，又从复杂回到简单，铅华褪尽，一尘不染，靠的是自我修行，千帆归来，仍是少年。

陆羽曾形容“越窑类玉，邢窑器似雪。”也许茶圣无缘似玉如雪的景德镇青白瓷，更无缘宋朝的青白瓷杯中飘出茶香。罗老师是景德镇陶瓷大学硕士研究生导师、著名的古陶瓷专家，尤其对青白瓷领域颇有独到见解，一篇篇论文引起国内外陶瓷学术界的广泛关注。他认为，“青白瓷的产生是宋代景德镇得天独厚的瓷用原料和熟练的烧制技术相结合的必然产物。它迎合了宋人尚玉的社会风气，奠定了景德镇日后成为‘瓷都’的基础。”北京大学教授秦大树也说，“以景德镇为代表的青白瓷是宋代最早的贡御瓷器，青白瓷也是宋代文人士大夫审美品位的代表。”景德镇陶瓷大学陈雨前教授对青白瓷更是情有独钟，洋洋洒洒，将漫天白雪写成了一本书《宋代景德镇青白瓷与审美》。他以为，高岭“土白壤而埴质薄腻，色滋润……光致茂美”，用高岭土“生产出青白瓷以后，景德镇声名鹊起，赢得了宋代真宗皇帝的青睐，并以其‘景德’年号命名此地，因此使天下只知有‘景德镇’，而不知有昌南镇。自宋时起，景德镇为天下所瞩目……”

有人说，西安一下雪就回到了长安，北京一下雪就回到了北平。而宋时古镇高岭一场雪，纷纷扬扬，漫天飞舞，飘进了京城，飘向了世界。从唐朝的莺歌燕舞中走出的大宋，褪去人世间所有绚丽的颜色，在一捧白雪的纯洁里，诠释简单的幸福。多少年后，林清玄说，“雪，冷面清明，纯净优美，在某一个层次上，像极了我们的心。”我想，也像极了古镇的青白瓷。

高岭一场雪，覆盖了新平，覆盖了昌南。写过《励学篇》《劝学诗》的赵恒，当上皇帝仍喜欢风花雪月，手捧“青白瓷”，迷失于从遥远南方一个小镇“昌南”飘来的雪花。他用清新俊逸的楷书，在雪地里写下了自己的年号“景德”，落下了自己的一段时光。多少年后，才知道这个诗人皇上的一点小聪明，不小心成为大智慧，成就了景德镇，也成就了他留名千古。从此，昌江流动着的不再只是江水，来自高岭的清澈冰雪，荡起滚滚春潮。

青白瓷，是宋人给后人的留白，是宋时高岭的一团雪，千百年来仍晶莹剔透。这座古镇留住了雪，留住了雪后的清新，是全国首批历史文化名城之一，去年

又被评为全国文明城市，陶人瓷工保持了纯朴善良，像洁白无瑕的青白瓷行走在幽弄深巷。哦，我的古镇，“你是宋词里淡淡的月光，你是冬夜里静静的等待；你是千年的一场大雪，你是白泥捏就的坯胎；你是我的青白瓷，我只在底款上写下‘景德’的名字，其他都是我梦的留白……”

其实，每一个人在大自然的天地间行走，都有白雪漫过头顶的时候。回首走过的光阴，是否留住了童年的纯真、人生的清白？生命中谁都有过许多遗憾，许多无奈，更有许多留白。“在春意清浅时，我等一树花开；在冬意渐浓时，我等一场雪来。”2021 年来了，最是时光留不住，好在心有留白，写上新一年文明复兴的脚印，写上对美好未来的追求，古镇永远都是那个迎风奔跑的白雪少年。

后 记

我不知道，中国有多少古镇。然而，我以为却没有多少能和景德古镇相提并论。一团高岭土，支撑了一座古镇千年。景德瓷行天下，郑和下西洋的风帆，让西方人从瓷上认识了中国，认识了这座东方的小镇。没有陶瓷，就没有景德镇。记得有学者曾言“如果说五千年的中华文明可以用一种器物来传递它的魅力，那无疑就是China——陶瓷。”陶瓷，是景德古镇的底色，也是这座城市的生命。陶瓷，是古镇用高岭土印成的中国文化对外交流的国家名片。

许多人问我，陶瓷，究竟是什么？是高岭土与昌江水揉就的精灵，还是一座城市张扬的温度？是瓷人浓缩的情绪，还是陶工热血泛滥的旷野？景德，是一个年号一个地名，还是宋真宗留在江南的精神家园？昌南，China，究竟是瓷器还是中国？是因为英文单词的贫乏，还是实在无法分开？在静谧的夜里，我常被这些问号缠绕着，遥望苍天，愿闪烁的星星给我一点启示……

古镇，背靠“黄山归来不看岳”的黄山，面朝烟波浩渺的鄱阳湖。靠山临水，乃国人眼里的风水极品之地。当年宋真宗将这里生产的瓷器视为吉祥之物，将自己的年号“景德”赐予，“昌南”变“景德”，寓意“宽厚仁德”。而在古镇人心中，“景”是千万年大自然的馈赠，“德”乃君临天下，永葆江山万年，期盼皇帝赐名能带来好运。

古镇，很江南很中国。这里的一个小山村——瑶里，却是陶瓷岁月的源头；一座并不高耸的岭——却叫高岭，是世界陶瓷史上难以逾越的圣地；一座山丘，却敢叫珠山，俨然是珠穆朗玛的兄弟，它是世界上独一无二由瓷片堆积而成的山丘；一条并不宽阔的昌江，却通向大洋彼岸；一座古窑址——御窑遗址，是燃烧了六百多年光阴的皇家窑厂；一条条江南小巷——御窑景巷，至今仍沉浸在大宋的月光里；一座白居易《琵琶行》中“前月浮梁买茶去”的千年古县——浮梁，是她养育了古镇而今却被古镇管辖；一条狭长的山谷——三宝瓷谷，顺着弯曲的山道能走进久远宋代的繁华；一座座旧厂房凤凰涅槃成为艺术山川——陶溪川；一座号称古窑的地方，完整保留了古作坊瓷器手工制作的“七十二道工序”，号称镇窑的烟囱仍夜夜点燃古镇的夜空；一个个古码头——中渡口、三间庙、刘家弄码头，曾经是“古丝瓷之路”的起点……这座城市就是一座露天的厚重陶瓷史博物馆，此乃世界上最大的博物馆。走在古镇的大街小巷，你仿佛行走在大宋，茫然中问自己，今夕何年？

景德古镇，在许多人心中，早已不是一个地名，也不是大宋的那轮皓月，不仅仅是一座历史文化名城，世界陶瓷之都，而是一种文化现象，一种古朴与温暖，一种心中的风景，一个古老与现代艺术的打卡地，千千万万个“景漂”艺术家的集结地，一座来了就不想走、可以在揉捏艺术的快活中遇见另一个自己的城市……

古镇，是养育我的热土。生活在古镇景德，是一种幸运。每天可以沉浸在玩泥的童年，可以聆听只有从天而落的瓷乐协奏曲。而更令人青睐的是，古镇人从小在坯房中嬉闹，耳濡目染瓷上写字画画，更多得到的是中国陶瓷文化的熏陶。我在这里呱呱落地，到步入花甲之年，除去十余年的军旅生涯，都生活在这里窑砖与时光斑驳的幽弄深巷中。像每个古镇人一样，心中都有一条昌江，左岸是梦境，右岸是生活。我下过乡，那是时代的烙

印；我为祖国站过岗，那是公民的义务；我侦查、批捕或审判犯罪，那是国家法律赋予的职责。知青、军人、警察、检察官、法官，那是我的曾经，我的岗位，我的饭碗。当我放下案卷，放下法锤，走下主审台，抬头望去，已是夕阳西下。退休的我，将暮未暮，曾经茫然，我不奢望有一个华丽地转身，只想认真地老去……

都说，每个人的人生，都会有繁华落尽的时候。九万里悟道，终归诗酒田园。正如喝过昌江水的著名作家胡辛老师所言“在臻精臻美的瓷面前，所有的人和物都有黯然失色的感伤。谁能美得过瓷，谁又能活得过瓷？”在古镇，无论什么年龄，瓷亦是风景；离开古镇，瓷就是梦中的远方，永远是一种诱惑。在人生的后院，暮年的我，每当铺开瓷坯、瓷板和宣纸，那是一种情感肆意释放的愉悦。古镇真好，在泥里当一回老顽童，我与本土和来自远方的“景漂”陶人工匠朋友一起，学画与画瓷，感受陶瓷的温度与柔软，“醉入宋词，在古镇景德遇见自己”。有人说，在景德古镇，不在白泥中折腾出点什么，那真是浪费人生。陶瓷，成为许多人生命

中纵情的一种方式。

是呵，“人生若瓷”，“栖息景德，不只是享受宋时柔软时光”，我和人们一起“行走古镇，感受脚底的温暖”，在“三宝，短笛长歌独倚楼”，“岁末，在御窑景巷邂逅童年”，在“唐英诗里读景德”；我“仰望唐英”，问“梦里青花为谁开？”问“古镇，谁动了你的奶酪？”问“三闾庙古码头，谁是古镇的千年之约？”问“冬夜，你在书香古镇的哪盏灯下？”寻找“古镇上的徽州身影”，我终于知道，“有一种爱叫高岭”，“珠山，是一种岁月”，“玲珑，那是古镇梦中的眼睛”，“古镇烟火味，最抚景漂心”，“古镇越千年，走不出景德深巷”……

一座景德镇，半部《中国陶瓷史》。古镇是一本书，是一本厚重的历史书，是千百年来陶人瓷工用水火土写下的立体艺术日记，我已经读了大半生。近年来，当夜滑向深处，岁月不远处耸立的烟囱仍在闪烁松柴的火星，我安坐在电脑前，一笔一画记下我眼中的古镇、眼中的陶瓷；记下我思我想我虑，我对这块土地的热爱，白泥留给我的快乐，一字一句写下我对古镇这本书的读后感。尽管年轻时曾是一个文学爱好者，并有幸就读过公安部的公安文学研究班，然而，三十多年来的忙碌工作，写下或面对的都是“结案报告”或者“判决书”，我的思维方式对于文学早已如干涸的土地一样板结，从长期办案中形成的缜密逻辑思维和证据意识，转为文字写作的形象思维，无疑是山道弯弯，我奋力攀爬，甘苦自知。感谢这块肥沃的土地，播种总有收获。一行行文字，一篇篇散文、诗歌、微电影剧本……有幸变成铅字，陆续发表在省内外的报刊上或拍摄为影视作品。在老师和朋友们的鼓励与帮助下，现将部分散文拙作结成这本小册子，像一个小学生交上一份作业，忐忑不安地呈给古镇批改，也呈献给热爱古镇、热爱陶瓷的人们。

如果，拙作有幸能让读者从中感受到一丝古镇小巷中吹来的宋时气息的风，增添一点陶瓷文化的感知，勾起你美好的向往，欢迎你来古镇，和千千万万个“景漂”一起，玩泥品茶读景德，那是对我最大的褒奖，请允许我在景德镇等你！相信你也会在这里遇见一个崭新的自己……

感谢景德镇荣誉市民、著名作家、南昌大学影视艺术研究中心主任胡辛教授为我的这本拙作作序，这是对我极大的鼓励与鞭策。

感谢首席中国工艺美术大师王锡良及家族，古陶瓷专家、景德镇陶瓷大学罗学正教授，著名画家、国家一级美术师任向明老师，陶瓷文化学者白光华、徐桃生等师友多年来对我在陶瓷绘画或陶瓷专业知识方面的指教。

感谢中国人民公安出版社副总编辑阎新瑞老师，公安部特聘作家刘庆玉等好友的帮助。

感谢景德镇晓明陶瓷艺术中心提供的支持与帮助。

感谢中国摄影家协会会员、江西省摄影家协会常务理事许建华好友的摄影作品为拙作添彩增色。

另外，我在多年来读过的书籍中吸收了丰富的营养，在写作过程中，吸取了众多老师学者的研究成果与资料，一时没能找到出处，在此未一一列出，谨表感谢与歉意。

感谢生活，感谢古镇景德！抱歉我只窥视到你的一角，无法描述出你的神奇、你的精彩！就当是瓷画上的留白，给读者多一点想象的空间，也留给我一片空旷的草原，我愿赤着脚在白泥上继续奔跑着……

朱凯亚

2021 年元月于“双桂画室”